Die Autorin
Ruth Frobeen hat eine Schwäche für Wörter, die ihre Stärke sind. Sie lebt mit ihrer Familie in Hamburg und spinnt gerne Seemannsgarn.

Von Ruth Frobeen sind bereits erschienen:
Es war einmal neulich …
Mücken an der Wand
Dorothy und der Parfümeur
LIL BOB

Weitere Infos unter www.ruthfrobeen.de

Ruth Frobeen

IRMELIN FUCHS

Ein Roman über die Magie des Erzählens

Für dich.

»Logik bringt dich von A nach B.
Vorstellungskraft bringt dich überall hin.«

Albert Einstein

IRMA SABRINA FUCHS

Ich unterscheide mich von den anderen Bewohnern des Altersheims insofern, als sie sich an ihre Kindheit und Jugend erinnern, und ich nicht. Dabei bin ich erst neunzehn Jahre alt. Und fühle mich geworfen in die Zeit mitten rein ohne Gedächtnis. Anderswie. Und ich scheine geboren zu sein mit einem glänzenden Wortschatz, der mir im Blut liegt wie Gold im Fluss, und plötzlich, immer wieder, kommt ein Wort ans Licht und funkelt.

Gott, bin ich froh, dass ich meine Sprache nicht verloren habe. Denn Wörter helfen mir beim Verstehen von dem, was ich bin. Und habe eine Angst in mir, klischeehaft zu sein, und das muss ich herausfinden, denn eine Schablone möchte ich nicht sein.

Neunzehn Jahre. So stand es in der Zeitung. Patata, der Koch, hat mich auf dem Foto der Suchanzeige erkannt. Niemand sagt mir, was passiert ist. Nur, dass es ein Unfall war mit einem Motorrad, dabei kann ich gar nicht Motorrad fahren, zumindest glaube ich das. Und habe Zweifel in mir, die bis nach Timbuktu reichen, und frage mich, wo das ist. Und ich will es auch nur halb wissen, denn Nichtwissen kann ein Glück sein, sagt Patata. Und das bezieht sich auf das, was passiert ist, nicht auf Timbuktu, was ein Wort ist, das mir wunderbar erscheint und wie ein Name klingt.

Apropos Name. Ich heiße Irma Sabrina Fuchs, aber sicher ist das nicht, denn ich habe keinen Ausweis. Vielleicht nennen sie mich Fuchs, weil neben mir eine leblose Fähe lag, als man mich im Park fand. Und das hat mir Patata erzählt, der mich Irmelin nennt, was ein Kosename ist. Er hat erzählt, dass ich bewusstlos im Park neben einer Füchsin lag. Ich könnte auch Gertrude heißen, so wie die Frau im Zimmer nebenan. Oder Sabine. Es ist ungewöhnlich, in New York Sabine zu heißen.

Irma Sabrina also. Als ich aufgewacht bin im Altersheim und nicht wusste, wer ich bin, war eine Pflegerin in meinem Zimmer und hat mir den Namen gegeben, so wie man jemandem ein Hemd reicht in die Kabine. Bitte sehr, dein Name. Dabei möchte ich lieber Hope heißen. Denn das ist, was ich spüre. Tief drin habe ich eine Hoffnung, die ein Glühen aus der Zukunft ist. Sie leuchtet wie Glühwürmchen, die mir den Weg zeigen. Ich denke in die Zukunft mit allem, was ich weiß. Und die Wörter helfen mir, denn sie sortieren mich durch Denken in alle Richtungen, aber nicht durch Erinnern. Sollte ich verzweifeln, weil ich mein Gedächtnis verloren habe? Nein. Denn ich habe Hoffnung, und die ist besonders wichtig, wenn man sich an seine Vergangenheit nicht erinnern kann.

Glühwürmchen und ich brauchen die Dunkelheit, um zur Geltung zu kommen. Sobald es dämmert, fühle ich mich wach. Und dann beginnt die Zukunft, jeden Tag. Auch darin unterscheide ich mich von den anderen Bewohnern. Wenn ich aus dem Fenster gucke, sehe ich, wie sich regengraue Tage mit himmelblauen abwechseln. Die Nächte sind anders. Sie sind dunkelfarbig und ein verschwommener Schatten. Und leiser. Aber still sind sie nicht. Ich mag es, nachts durch die Straßen zu laufen. New York schläft nicht und wackelt unter meinen Füßen und rumpelt, wenn die Bahn im Untergrund fährt. Alles ist in Bewegung, alles hat eine Bedeutung. Der Flügelschlag der Fledermäuse, das Summen der Mücken, das Aufleuchten der Glühwürmchen. Und ich. Was ist das für ein Gefühl, lebendig zu sein!

Hätte ich eine Mutter und einen Vater, würden sie mir sicher verbieten, durch die Nacht zu streunen. Und das ist sicherlich Klischee. Im Altersheim interessiert es fast niemanden. Ich schleiche mich trotzdem hinaus wie ein Pugilist, was ein Boxer aus feinen Kreisen ist und ein Ringfuchs mit Erfahrung, der nicht möchte, dass alle sein Geheimnis kennen. Man kann nie wissen, was die Leute denken. Und es sollte mir egal sein, aber ist es nicht, weil es normal ist, sich Gedanken zu machen. Zum Beispiel über meine Eltern, die sicher gestorben sind, denn welche Eltern würden ihr Kind in einem Altersheim wohnen lassen. Ich glaube, dass sie Deutsche sind, denn ich habe in meiner Nachttischschublade ein deutsches Buch gefunden und konnte einiges verstehen. Es heißt *Das Bauhaus*, was ein seltsamer Titel ist, im Sinne von sonderbar. Patata hat gesagt, dass es eine Kunstschule ist. Ich habe ihm das Buch geschenkt, weil er viel besser Deutsch kann als ich, und er hat sich gefreut mit leuchtenden Augen und bebenden Nasenflügeln, obwohl jemand mit Bleistift hineingeschrieben hat in einer unleserlichen Schrift. In dem Buch ist ein Foto von einem Hausmeister, der hat eine frappierende Ähnlichkeit mit Patata. Zu komisch! Überhaupt ist Patata ein komischer Typ, im Sinne von lustig, denn er weiß irre viel und erzählt immerzu Geschichten, wohl um mich zu beeindrucken. Wie kann man so viele Geschichten im Kopf haben, frage ich mich. Mit Geschichten ist es so, hat er gesagt: Sie entstehen aus dem Nichts. Und das ist doch nicht wahr, denke ich. Denn wie kann etwas aus dem Nichts entstehen ohne Urknall, was Physik ist und Chemie. Wenn ich ehrlich bin, dann schwärme ich ein wenig für Patata, Urknall hin oder her. Er hat schwarze, ölige Haare und kocht den besten Milchreis. Und jeden Morgen Pfannkuchen, wenn ich will. Von Geschichten kann man sich jedenfalls nicht ernähren. Und das hat etwas mit dem Körper zu tun, der eben etwas anderes will als nur Märchen.

Mein Zimmer ist eine muffige Abstellkammer trotz Lüften. Am Morgen des 8. Juli 1939 bin ich aufgewacht, genau hier in diesem Zimmer mit den hellgrauen Tüllgardinen und dem grünen Linoleumboden. Auf meinem Bauch lag eine Katze, die mich anguckte mit Augen wie Pistazien. Das Seltsame ist, dass ich viel Wissen habe. Und ich habe im Lexikon über Amnesie gelesen mit vielen Fremdwörtern und Erklärungen über episodisches und anderes Gedächtnis, was mir aber mein Erinnern nicht zurückbringt.

Manchmal glaube ich mich an Dinge zu erinnern. Dann stutze ich mittendrin, als würde mir jemand ein Geschenk machen, einfach so ohne Weihnachten oder Geburtstag, von dem ich nicht mal weiß, wann er ist. Neulich am späten Abend der Vogel, der auf dem Fensterbrett saß und seinen Schnabel gegen die Scheibe geschlagen hat. Ich schwöre, ich kenne diesen Vogel. Was natürlich verrückt ist und ein Quatsch von der Logik her. Ich also das Fenster geöffnet wie für einen, der mit Blumen über die Leiter kommt, und spüre eine tiefe Verbundenheit zu dem Vogel, der in mein Zimmer hopst und mich prüfend anschaut wie ein Arzt mit schrägem Kopf und ernstem Blick. Sowieso Ärzte. Seit ich aufgewacht bin aus dem Koma, was ein medizinischer Tiefschlaf ist, waren einige Ärzte bei mir. Krank fühle ich mich nicht, nur ein bisschen Kopfschmerzen vor Langeweile manchmal. Aber irgendetwas ist mit mir. Nur was? Ich fühle mich wie psychologischer Zauber, den niemand versteht, und entdecke jeden Tag etwas Neues. *Was sind die Passatwinde?* oder *Welche Planeten sind in unserem Sonnensystem?*, das ist nicht das Problem - aber von früher, davon weiß ich nichts. Als hätte ich ein Loch im Kopf, wo normalerweise mein episodisches Gedächtnis wohnt. Sollte ich deshalb eine Wanne vollweinen und in Tristesse baden?

Mittlerweile haben wir November und ich fühle mich ziemlich lebendig, weine nicht und habe kein Loch im Kopf. Berufliche Ambitionen habe ich keine, auch wenn ich die Notwendigkeit von Arbeit durchaus sehe. Aber das scheint mir für den Moment unwichtig zu sein, denn ich lebe, und das ist wohl ein Hauptgrund dafür, warum die meisten Leute arbeiten. Und bestimmt möchte ich auch mal Geld verdienen eines Tages, denn ein bisschen Geld braucht man doch irgendwann.

Das Durchschnittsalter der Bewohner liegt bei zweiundachtzig Jahren, und das ist doch beachtlich. Gott, bin ich froh, dass ich nicht mit neunzig aus dem Koma aufgewacht bin. Wenn man aufwacht und alles ist weg, auch die Zähne und die

Haare, und dann ist man schon kurz vor Sarg. Und man denkt, man wäre kurz eingedöst, guckt in den Spiegel und kann nichts sehen, weil man keine Brille aufhat oder blind ist. Gertrude ist sogar einundneunzig. Sie hat das größte Zimmer wegen Doppelzimmer, und hat es sich mit ihrem Mann geteilt, bis er sich neulich verabschiedet hat. Starb beim Nachmittagskaffee im Gemeinschaftssaal, sank einfach in sich zusammen. Ich lief gerade mit einer Kanne Kaffee an seinem Tisch vorbei, als es passierte. Gertrude war ganz gefasst und hat gebetet und drei Löffel Zucker in ihren Kaffee gerührt. Patata und ich haben sie dann in ihr Zimmer begleitet. Von irgendwo kam eine Flasche Schnaps. Ich stellte an diesem Tag fest, dass ich trinkfest bin. Patata fand das königlich und erzählte, so betrunken war er und wollte Gertrude aufmuntern, dass ich früher eine Liebschaft mit einem Vogel gehabt hätte. Ich weiß auch allerhand über Vögel, aber verlobt? Ich könnte mich wegschmeißen, so lustig! Gertrude hat gelacht und klang wie eine Trompete ohne Ventile. Vermutlich erzählt Patata beim nächsten Toten, dass ich schon mal ein Ei gelegt hätte. Seine Geschichten sind verrückt, im Sinne von fantasievoll. Ich selbst bin eher eine gute Beobachterin und könnte durchaus wohl eine Studierte sein, wenn ich nicht zu jung dafür wäre. Ich beobachte alles, was mir über den Weg läuft, auch Mistkäfer, die ich für unglaublich talentiert halte. Und ich lese gerne, denn Bücher sind wie ein Fenster nach draußen und gleichzeitig sind sie ein Zuhause, in dem man es sich gemütlich machen kann. Nur Angeberbücher kann ich nicht ausstehen. Mit Helden, die sich sowas von toll finden, dass sie sich selber heiraten wollen aus Liebe zu sich selbst wie ein Narziss, der eine Blume wurde als moralischer Zeigefinger. Nein, so ein Buch fällt mir aus Versehen in den Kamin.

Mein Lieblingsbuch ist *All Passion Spent* von Vita Sackville-West, die eine Schriftstellerin ist und Tochter eines Barons, was ich auch sein könnte, aber das ist nur ein Gedankenspiel. Das Buch jedenfalls handelt von einer alten Frau, Lady Slane, die nach dem Tod ihres Gatten zum ersten Mal eigene Entscheidungen trifft. Und das ist doch unbegreiflich, wo sie doch achtundachtzig Jahre alt ist. Lady Slane hatte ein Leben in Saus und Braus mit Wohlstand, Juwelen und Zofe. Und doch war das alles nur Verkleidung, weil sie sich zugehörig gemacht hat zu ihrem Mann. Und ihre Kinder sind ein Schreck von Spiegel der Gesellschaft. Mit Gier und Klischee von Männern und Frauen. Da muss man wirklich aufpassen und sich befreien, wenn man es merkt. Und das ist, was ich von Vita Sackville-West gelernt habe.

Wir haben eine Gemeinschaftsbibliothek, doch außer mir liest eigentlich niemand Bücher. Nicht mal Patata, dabei kann er doch selbst so gut erzählen und man sollte meinen, was ein Geschichtenerzähler ist, das mag auch Bücher. An seinen Augen liegt es jedenfalls nicht, wie bei Gertrude.

Es sind die Dreißigerjahre, aber die Bücher scheinen mir alle aus dem vorigen Jahrhundert zu sein. Meine Güte, ein Benimmbuch über die französische Salonkonversation, wer liest denn sowas. Aber es gibt auch Bücher, die mein Augenblicksinteresse wecken. Und bei manchen Büchern bin ich sicher, dass ich sie schon mal in der Hand gehabt habe, wie manche Bände der Enzyklopädie, die ganz oben im Regal stehen. Es ist auch nur Zufall, dass mir *Vom Winde verweht* in die Hände gefallen ist. Gertrude hatte das Buch zu ihrem neunzigsten Geburtstag bekommen und sich aufgeregt, wegen der viel zu kleinen Buchstaben. Ich habe gesagt, kein Problem, und habe es vorgelesen, abends im Speisesaal. Das Buch hat über tausend Seiten. Da braucht man kein Mathematiker zu sein, um auszurechnen, wie fusselig mein Mund war. Aber ich mache es gern, es ist wie Theater mit schick anziehen und Haare toupieren, wer noch Haare hat. Die Alten sind einfach zu komisch, im Sinne von lustig. Herbert Sterling, der jeden Tag in gebügelten Hosen beim Frühstück erscheint und ein vollendeter Gentleman ist mit Stuhlranschieben und Türaufhalten, ruft ständig mit seiner pfeifenden Stimme dazwischen und unterstreicht alles, was er sagt, mit seinen knorrigen Händen. Wenn die Leute im Buch sich küssen, ist Herbert Sterling nicht zu halten. Zu komisch! *Vom Winde verweht* war wirklich ein ganz besonderes Buch für uns mit Applaus und Trinkgeld geben, was ich sehr zu schätzen weiß. Zurzeit lese ich *Bildnis einer Dame* von Henry James vor. Gefällt mir nicht so gut, aber die Herrschaften mögen es und es ist gut gegen Langeweile. Wir haben es auch mit Detektivgeschichten ausprobiert, aber zu viele Tote immerzu, das macht nervös in dem Alter. Und *Onkel Toms Hütte* habe ich abgebrochen, weil sie sich immer gestritten haben mit Herbert Sterling, der ein paar seltsame Ansichten hat. Manchmal lasse ich die abendliche Vorlesestunde auch ausfallen. Das merken die gar nicht, denn wenn ich sie nicht aus ihren Zimmern abhole, kommen sie auch nicht zum Vorlesen. Es ist doch ziemlich anstrengend, jeden Tag aufs Neue anzufangen mit den Gesprächen und dem Kennenlernen. Manchmal erfinde ich einfach etwas, erzähle, dass ich Amy heiße und aus Montana komme. Dass ich Tänzerin sei, habe ich auch schon erzählt, an einem Mittwoch. Denn mittwochs schwingen wir das Tanzbein. Patata wirbelt die Damen herum und ich lasse mich von Larry aus Zimmer 22 durch den Saal schieben. Wir legen Musik aus ihrer Jugend auf und plötzlich werden sie ganz zappelig und das Leben schlüpft in sie hinein. Fast wachsen ihnen wieder Haare auf dem Kopf. Und manchmal spielt Patata auch auf dem schepprigen Klavier. Er hat mir ein paar Stücke beigebracht, mit schwarzen Tasten sogar, und sagt, ich hätte Talent. Aber hier im Altersheim habe ich vor allem ein Talent für Langeweile. Das muss man aushalten können. Die Langeweile redet mit mir. Tu etwas, steh auf, sagt sie. Und ja, ich will hier nicht verschimmeln. Ich will die Schuhe anziehen und raus.

Patata kocht meistens Kartoffelgerichte mit Schale wegen der Gesundheit. Er hat erzählt, dass er in Deutschland kochen gelernt hätte nach dem Krieg und immer Kartoffeln. Ich wusste nicht, von welchem Krieg er sprach. Weltkrieg, sagte er. Er ist ja kaum älter als ich, und ich bin wohl um das Jahr 1920 geboren, wenn man der Zeitung glauben darf. Patata erzählt häufig Sachen voll Überzeugung, die nicht wahr sein können. Ich verurteile ihn nicht dafür, und habe beschlossen, mir mit Verständnis für seine olympische Erfindungsgabe seine Geschichten anzuhören, als würde er mir aus einem Buch vorlesen. Und ich könnte mir vorstellen, dass er ein Buch schreibt über Kartoffeln mit Wörtern wie Nachtschattengewächs, Knolle und Kultivierung, denn selbst Kartoffeln können kultiviert sein, das las ich in einem speckigen Buch, das ein Kochbuch war.

Manchmal entdecke ich Sachen, die ich kann. So wie neulich. Wäre mir im Traum nicht eingefallen, dass ich eine gute Schachspielerin bin. Es war an einem Freitag, kurz nach dem Mittagessen. Larry, mein Tanzpartner, schlurfte über den Flur, den ich schrubbte ohne mich zu beschweren, denn beschäftigt ist beschäftigt. »Kannst du Schach spielen, Mädchen?«, fragte Larry und wackelte mit dem Kopf, während er auf mich hinunterschaute. Ich zuckte mit den Schultern und pustete mir etwas Luft zu. »Ich hab Limo auf dem Zimmer«, sagte er und schlurfte zurück. Schach. Das Wort knipste etwas in mir an, ich sah das Brett vor mir, als hätte ich Augen zum Gucken in mein Gehirn. Und ich fühlte, das ist eine Erinnerung mit der Dame, die in Wirklichkeit eine Königin ist, wenn man mich fragt. Das hat mich neugierig gemacht und hibbelig. Zwei Minuten später saßen wir uns gegenüber. Larry auf seinem Bett und ich auf einem Stuhl, zwischen uns ein Schachbrett mit abgegriffenen Figuren. Larry grinste und warf sein Gesicht in Falten. Und dann schlug ich ihn mit sechzehn Zügen und er machte mir ein verklebtes Kompliment für meine Dame, was wie ein

Vorwurf klang. Und ich fühlte mich bekloppt, im Sinne von verrückt, als hätte mir jemand auf den Kopf gehauen und mein Verstand wäre aus mir herausgefallen. Aber jetzt setze ich ihn wieder ein und spiele seitdem jeden Tag Schach, entweder auf dem Brett oder im Kopf, denn das geht genauso gut. Alle, die können, wollen gegen mich Schach spielen. Nur Patata nicht, der ein Hasenfuß ist und wohl Angst hat, gegen mich zu verlieren. Schach würde ihn an den Krieg erinnern, sagt er. Und ich könnte ihn stattdessen küssen, und das tue ich auch.

Patata sieht es gar nicht gerne, dass ich im Dunkeln alleine unterwegs bin, deshalb begleitet er mich häufig, wie ein Chaperon, was eine Anstandsdame ist und also ein Begleitschutz. Patata kennt sich in der Stadt aus, als hätte er einen Kompass im Kopf. Ich selbst habe auch eine gute Orientierung, aber wie kann man so ein Gedächtnis von Straßen wie Taxifahrer haben? Ich liebe unsere abendlichen Spaziergänge, bei denen unsere Schatten Händchen halten und in der Nacht verschmelzen.

Patata hat ein Faible für Wolkenkratzer und hat mich damit angesteckt. Wir fahren hoch, auch wenn es verboten ist, und gucken von oben auf die Stadt. Meistens packt Patata ein kleines Picknick für uns ein. Es ist herrlich! Die Hochhäuser werfen ihre Schatten kilometerweit in die Stadt. Wenn man unten ist, kann man ihnen nicht entfliehen. Dann kann man nur warten, bis die Nacht die harten Schatten übermalt und die Stadt in eine schwarze Leinwand mit bunten Lichtern verwandelt. In viele Gebäude kommt man nachts gar nicht rein, aber Patata weiß, wo die Hintertüren und Feuerleitern sind. Wir standen sogar auf dem Empire State Building und haben kalte Kartoffelpuffer gegessen. Jeder Wolkenkratzer hat seinen eigenen Charakter wie King Kong mit Spezialeffekten. Manche sind protzig und stehen da wie dicke Männer, die nach Geld stinken und Zigarre paffen, andere sind elegante Türme, die zur blauen Stunde schillernd durch New York tänzeln.

Ich glaube nicht, dass ich früher schon mal auf einem Wolkenkratzer gewesen bin. So ein Gefühl von Wunder und Luft und King Kong würde ich doch erinnern, nicht nur vom Lichtspielhaus.

Letztens hat Patata mir auf einem Gebäude des Rockefeller Centers ein Bild gezeigt, das er aus dem *New York Herald Tribune* ausgeschnitten hatte. »Hier, das bin ich«, hat er gesagt und auf einen der Männer gezeigt, die auf einem Stahlträger über der Stadt saßen und ihr Mittagessen zu sich nahmen. Sowas von Angeber. Denn dieses Foto kenne ich, weil es von Berühmtheit ist. Es ist 1932 aufgenommen worden, als Patata noch ein Milchgesicht war und sicher keinen Job auf dem Bau hatte, so gern er auch das Rockefeller Center eigenhändig errichtet hätte. Und möchte wohl gern ein Held sein, der sich küssen lässt wie Schauspieler von jungen Frauen voll Bewunderung. Statt Küssen gucke ich runter mit Wind im Haar. Vom Rockefeller Center aus schaut man auf einen grauen Betonwald. Ich schaue lieber Richtung Central Park. Im Herbst ist die Aussicht atemberaubend, wenn der Park in der Abenddämmerung aufflammt und dann wie ein Fuchs in seinem dunklen Bau verschwindet, sobald die Sonne untergeht. Husch und weg. Und das ist ein Traum vom Verschwinden in seinem eigenen Leben voll Gemütlichkeit.

Die Stadt rollt sich in jede Himmelsrichtung wie ein Teppich aus. Und die Fransen in den Vororten sind grün. So weit kann ich gar nicht gucken, weil ich kein Fernglas besitze, aber ich denke es mir so. Und das ist vielleicht ein Zeichen, dass ich doch auch fantasiebegabt bin. Manchmal, wenn ich übermütig bin und Geld für Entwicklung gespart habe, nehme ich meinen Fotoapparat mit in die Stadt, aber nur tagsüber, weil ich keinen Blitz habe. Ich fotografiere die Wolkenkratzer von unten, fotografiere die Stadt von oben, und Patata fotografiert mich, wie ich auf die Stadt blicke. Und jedes Foto kostet viel Geld, deshalb darf man es nicht verschwenden, auch wenn ich zu gerne eine Möwe fotografieren würde. Es gibt ein Foto, auf dem ich in die Kamera schaue und winke. Patata sagte, ich sehe aus, als würde ich eine Wolke kratzen wie eine Wolkenkratzerin, und dieses Wort hat er erfunden, nur für mich. Und das ist doch etwas, wenn man Wörter hat, die nur für einen sind.

Was mich aber wirklich stört, ist die allgemeine Perspektivlosigkeit. Ich merke es, wenn wir durch die Straßen ziehen. Da schwebt diese Malaise, was ein Unbehagen ist und eine Situation und Schere von Sozialem. Und ich lese es in den Gesichtern der Menschen. Aus jedem Küchenfenster riecht es nach Malaise, die den Geruch von Kohl hat und schmeckt wie Kartoffeln ohne Salz. Und das will ich nicht begreifen. In einer Stadt wie New York, wo man jung ist und auf Tische springen möchte mit gerafften Röcken.

Ich habe nicht vor, noch sehr lange im Altersheim zu wohnen, auch wenn es bequem ist, zum Frühstück goldgebräunte, buttrige Pfannkuchen zu essen und zu schlafen in einem Bett mit Blumenbezug. Zuerst brauche ich jetzt also doch eine Arbeit, und da fängt meine persönliche Malaise schon an, denn eine Ausbildung habe ich nicht, nehme ich an. Und ohne ein begnadetes Können von etwas, das eine Nützlichkeit hat, ist mir Arbeiten so fern wie der Mond. Es macht mir nichts aus, die Böden zu schrubben. Das ist Arbeit und durchaus nützlich, aber spannend ist es nicht. Und mein Leben muss kein Krimi sein, aber ein bisschen Aufregung brauche ich wohl. Letztens war ich in der Zeitung in der Rubrik »Happy End«, weil ich doch das Mädchen bin, das bewusstlos im Park gefunden wurde. Wie es mir geht. Und ich habe ein Interview gegeben und gesagt, wie schön es im Altersheim ist und wie gut es mir hier geht. Denn schließlich steht es in der Zeitung, und wenn jemand es liest, soll es keinen traurig machen. Die Ausgabe habe ich gekauft und aufbewahrt. Und es steht darin, dass Frauen gesucht werden für kriegswichtige Tätigkeiten, dabei sind wir doch neutral, sagen sie im Altersheim. Und ich möchte nicht schuld sein, wenn keine Mullbinden aufgewickelt sind. Aber für einen Krieg arbeite ich nicht.

Die Zeitung ist von vorgestern, Patata hat sie mir gegeben. Sie stinkt nach Fisch und ist an einigen Stellen durchgeweicht. Es ist von Krieg in Europa die Rede, spanischer Bürgerkrieg und zu Ende endlich. Ich dachte Deutschland? Ich verstehe davon nichts, die Wörter vom Krieg sind hart und eckig. Ich kann so etwas nicht begreifen. Oder hier: In der Dominikanischen Republik hat es ein Massaker gegeben, bei dem über zwanzigtausend Menschen aus Haiti getötet wurden, wenn sie das spanische Wort für Petersilie nicht richtig aussprechen konnten. Wer denkt sich solche Grausamkeiten aus, wie kommt man darauf, das auch nur zu denken? So etwas kann man nicht begreifen. Oder was in Utah war. Da ist ein Engländer mit 502,11 km/h über einen Salzsee gefahren. Mit einem Automobil namens Thunderbolt. Ob das wahr ist? Und diese Reklame für Buchstabennudeln. Eine alphabetische Suppe. Mein Leben fühlt sich an wie eine Buchstabensuppe. Alles ist drin, aber durcheinander. Eigentlich will ich die Zeitung gar nicht lesen, denn es steht wenig Erfreuliches darin. Nur schnell die Stellenanzeigen, damit ich bald ausziehen kann.

Hier. Verkaufsfräulein gesucht. Ich bin kein Fräulein mit Nagellack und Strümpfen. Ich könnte jede sein! Eine Telefonistin zum Beispiel. Guten Tag? Verbinde! Ich könnte alles machen, wer weiß das schon. Ich möchte eine ganz eigene Person sein. Aber Tunnel bauen und Mullbinden aufwickeln werde ich nicht. Oder hier. Ankleidedame gesucht. Können die sich nicht selbst anziehen? Verkäuferin. Rechnen kann ich. Aber von Berufs wegen Wurst abwiegen? Ich reiße die Werbung für Buchstabennudeln vorsichtig heraus und stecke sie in meine Rocktasche. Irgendwas ist mit den Nudeln, ich merke es tief in mir.

Die Zeitung taugt nichts. Was soll eine machen, die von nichts weiß außer von Wörtern und Gefühlen. Kann man damit Geld verdienen, frage ich mich. Und setze im Speisesaal ein Gesicht von Traurigkeit auf, damit alle sehen, wie es mir geht. Die Heimleiterin Sally Sailor läuft mir über den Weg und winkt mir, was sie noch nie getan hat. Und hat ein Lächeln für mich, das steif ist und rot glänzend wie Schellack. Und fragt mich, als würde sie meine Gedanken lesen, ob ich Interesse an einer Arbeit hätte. Denn jemand hätte für mich angerufen, eine Frau von wegen Schicksal und Happy End in der Zeitung. Und sie sucht eine Vorleserin, was allerdings fantastisch klingt und ein Gefühl von Lottogewinn in mir auslöst, denn lesen kann ich mit Talent!

Gott, bin ich froh, dass es Telefonzellen gibt. Wir haben im Büro zwar ein Telefon, aber Sally Sailor ist mir ein argwöhnisches Fragezeichen. Sie hat immer schlechte Laune und scheint Menschen, insbesondere Patata, nicht besonders zu mögen. Und ich kann schlecht sagen, dass mir das Altersheim nicht gefällt, denn Sally Sailor hat das Interview auch gelesen, also gehe ich am Abend mit Patata in die Stadt. Ich darf mich nicht zu sehr freuen. Nachher klappt es nicht. Fast möchte ich jetzt schon weinen. Vorleserin. Das ist nur eine Arbeit, sage ich mir. Nichts ändert sich, wenn ich die Arbeit nicht bekomme. Aber wenn doch, dann ziehe ich aus. Dann kaufe ich mir einen neuen Rock mit Schwung für das nächste Jahrzehnt, das bald beginnt. Viel Geld erwarte ich nicht, aber für ein paar Stunden in einem Tauschbett wird es wohl reichen.

Meine Füße kribbeln, so nervös bin ich. In meiner Hand das schwitzige Geld. Am liebsten möchte ich rennen, aber ich zügele mich, um Patata keine Angst zu machen. Ich habe ihm noch nichts erzählt. Denn solange ich die Stelle nicht habe, ist nichts entschieden und also alles beim Alten. Ich sage ihm, wir Jungen gehören nicht in ein Altersheim, in dem es vor Krankheiten nur so wimmelt, die nach bärtigen Männern benannt sind, die allesamt tot und gestorben sind von wegen Medizi-ner. Ich muss da raus und ein Leben haben, bevor ich staubig bin oder verschimmelt. Als ich die Telefonzelle sehe, renne ich los, meine Füße wollen einfach. Patata läuft hinter mir her und wir kommen gleichzeitig bei der Telefonzelle an, in der eine Dame mit Pelz und Hütchen steht und eine Hand über die Muschel hält, als hätte sie ein Geheimnis. Patata ist ganz außer Atem. »Wen willst du denn so eilig anrufen?«, fragt er und öffnet seinen oberen Mantelknopf. Ich erzähle von der Stelle als Vorleserin und meine Stimme jagt ganz aufgeregt durch seine Ohren, die rot sind und leuchten wie reife Himbeeren. Als die Dame endlich ihr Geheimnis vertelefoniert hat, drücke ich Patata einen schnellen Kuss auf die Wange und springe in die Telefonzelle, die nach pudrigem Parfüm riecht. Ich atme tief durch, denn ich weiß, dass Sprechen eine Aufgeräumtheit der Gedanken ist. In mir ist alles Kuddelmuddel.

»Guten Abend, Mrs Rothmans Apparat. Wen darf ich melden?«

»Hallo, hier spricht Irma Sabrina Fuchs«, sage ich etwas zu laut, weil mir die Wörter aus dem Mund fallen wollen, und ich kann sie gerade noch abhalten, in den Hörer zu springen.

»Miss Sabrina?«

»Irma Sabrina, ja. Ich bin das Schicksal aus der Zeitung.«

»Aus der Zeitung? Moment.«

Ich warte. Meine Hände schwitzen und ich habe nicht mehr viele Münzen. Wieso dauert das so lang? Patata steht vor der Telefonzelle und raucht. Die Wörter in meinem Mund haben sich gesammelt und in Reihe aufgestellt.

»Rothman, guten Abend«, sagt eine Altdamenstimme.

»Hallo, hier spricht Irma Sabrina Fuchs. Aus der Zeitung. Das Happy End.«

»Irma, Vögelchen. Wie schön, dass du anrufst.«

Ich stocke. Noch drei Münzen, dann bin ich weg. Vögelchen?

»Erzähl mir etwas, damit ich deine Stimme hören kann.

Von deiner Familie, wenn du möchtest«, muntert die Frau am anderen Ende mich auf.

Ich räuspere mich. »Nun, meine Münzen sind gleich alle. Ich kann nicht viel über meine Familie erzählen, weil ich sie nicht kenne. Ich hatte einen Unfall im Park. Das Schicksal?«

»Möchtest du vorbeikommen und dich persönlich vorstellen?«

»Oh, das wäre sehr nett!« Erleichterung macht sich in mir breit. Meine Zukunft wird nicht an einer fehlenden Münze scheitern.

»Passt morgen Nachmittag zum Tee? Hast du etwas zum Schreiben? Ich gebe dir die Adresse durch.«

Ich schreibe mit einem Bleistiftstummel auf ein Streichholzmäppchen, das eine Eingebung war mitzunehmen.

Mit den Worten »Du solltest wissen, dass ich blind bin« verabschiedet sie sich und legt auf.

Patata schnipst seine Zigarette in meine Richtung und hält sich erschrocken die Hand vor den Mund.

»Entschuldige, ich wusste nicht, dass du schon fertig bist. Wie ist es denn gelaufen?«, fragt er, tritt die Glut aus und schaut mich so komisch von unten an.

»Ich bin morgen zum Tee eingeladen.«

»Und wo ist das?«

»Upper East Side«, antworte ich betont gleichgültig und zucke die Achseln. Meine Freude soll nicht platzen wie ein Ballon. Aber wenn es doch klappt, dann wird mein Ballon hochsteigen wie ein Erfolg und ich werde Dollar verdienen, womit ich wohnen kann und essen und ein bisschen was zum Leben. Upper East Side, das ist, wo die feine Gesellschaft soupiert, und das heißt auf Feingesellschaftlich Suppe essen. Das ist mir zu viel Bohei um eine Brühe, und ich mache mich ein bisschen lustig, aber die Wichtigkeit der Leute muss man auch ernstnehmen, denn diese haben die Dollar, die ich brauchen könnte.

Wir schlendern durch die Stadt und ich bin ganz aufgekratzt. Patata kauft bei einer kleinen alten Frau mit Kopftuch und krummen Beinen einen Blumenstrauß für mich. Ich erzähle, dass ich angefangen habe, Augenblicke in einer Schachtel zu sammeln und nehme mir vor, eine Blume zu trocknen und hineinzulegen für später. Ich nenne es nicht Erinnerungen, weil ich mich an Erinnerungen nicht rantraue, falls ich noch einmal mein Gedächtnis verliere. Patata sagt, er glaube nicht, dass ich noch einmal mein Gedächtnis verliere. Er nimmt wortlos meine Hand, schaut wieder so komisch, und sagt, ich liebe dich. Und nichts passiert in mir, womit ich doch wohl gerechnet hätte bei so einem Satz, der alles auf den Kopf stellen kann. Ich frage mich, ob er es wirklich so meint, denn Liebe ist ein Wort von tiefer Zugehörigkeit. Und ich sage leise, ich dich auch, und bekomme direkt Bauchschmerzen, weil ich es gesagt habe, um ihn nicht zu erschüttern. Patata sagt, das sei ein unvergesslicher Augenblick, und das macht mich wütend, weil man es nicht in der Hand hat, ob man etwas vergisst oder nicht. Aber weil er sagt, dass er mich liebt, kann ich ihm nicht böse sein. Und ich habe das Gefühl, dass ich mich selbst verrate, weil ich nicht sage, wie es wirklich ist.

Auf dem Broadway steht ein Photomaton, das ist eine Kabine, die Bilder macht, wenn man Münzen in den Schlitz wirft. »Lass uns den Augenblick festhalten«, sage ich und ziehe fordernd die Augenbrauen hoch. Patata kramt in seiner Tasche nach Geld. Das Blitzlicht knallt uns in die Augen und wir grinsen unvergesslich blöd und ich habe eine gelbe Blume im Gesicht.

MRS ROTHMAN

Menschen mit Brilliringen haben eine Geschichte von Liebe, Geld oder Erbschaft. Den Ring hat mir Nelly Gold für das Vorstellungsgespräch ausgeliehen. Gold ist nicht nur ihr Name, so ist auch ihr Charakter. Sie ist eine von den echten Damen mit Herz und frisch gelegter Wasserwelle für viel Geld jede Woche.

Mrs Rothman hat keine Wasserwelle, dafür aber einen Turm aus weißen Haaren auf dem Kopf. Sie ist hochgewachsen und mit dem Haarturm so groß, dass sie fast die Türzarge berührt. Da sie blind ist, habe ich keine Scheu, sie mir genau anzuschauen. Sie sieht sehr alt und mächtig aus und hat blasse Augen.

»Ah, das Mädchen mit der weichen Stimme«, begrüßt sie mich, nachdem ich meinen Namen genannt habe. »Komm herein.« Selbstbewusst und ohne Zögern schreitet sie durch den Flur, in dem es lecker nach angebratenen Zwiebeln riecht, und geht durch die offene Tür in ein Zimmer, das wohl der Salon ist. Unruhig wandern meine Augen herum und springen von links nach rechts und können sich nicht entscheiden, was sie angucken sollen. Gemälde aus Öl von einem Pferd? Silberne Kerzenständer auf dem Tisch? Figuren aus geschliffenem Glas oder Diamant etwa? »Schau dich ruhig um«, sagt Mrs Rothman, setzt sich in einen mit Goldbrokat bezogenen Sessel und stopft sich eine Meerschaumpfeife. Noch nie habe ich eine Pfeife rauchende Frau gesehen. »Ich kann vielleicht den Nippes nicht mehr sehen, aber zu wissen, dass er da ist, gibt mir das Gefühl, zu Hause zu sein.« Sie lächelt in meine Richtung. Ich schlucke und fühle mich beobachtet. »Der Junge auf dem Foto ist mein verstorbener Sohn. Wenn du fertig mit Gucken bist, setz dich hier neben mich auf den Stuhl, damit wir ein bisschen plaudern können. Ist das Licht angenehm für dich?

Es lässt sich dimmen.« Wie in einem Theater, denke ich. Wer dimmt denn bei sich zu Hause das Licht? Aber klar, wenn man nichts sehen kann, und trotzdem Licht im Haus brennen soll wegen Figuren aus Diamant und Einbrecher abschrecken. Wer hat, der hat, sage ich mir und entspanne mich, weil ich auch an meine Dollar denke. »Danke, das Licht ist perfekt.« Und wirklich. Der Raum ist von einem respektablen Kronleuchter erhellt, der eine Stimmung von edel und heiter macht. Der Brilli an meinem Ringfinger brillt und ich fühle mich wie ein Pudel mit Frisur und mache es mir bequem.

»Das Haus wurde als eines der Ersten in der Straße elektrifiziert«, sagt Mrs Rothman verschmitzt. »Als ich den Kühlschrank bekam, wollte jeder eingeladen werden, nur um zu gucken. Ich habe eine Limonadenparty gegeben.«

Sie ist eine Sensation von einer Frau. Mit Kühlschrank als Erste und obwohl sie blind ist eine Villa mit dimmbarem Licht. Ihre freundliche Art flößt mir Respekt und Vertrauen ein. Ich finde, sie ist gut zurechtgemacht mit Turm von Haar und dezenter Schminke, doch ihre Augenbrauen wachsen wild wie Rosmarin. Neueste Mode ist, die Augenbrauen als schmale Bögen zu tragen, wenn nötig mit Rasur. Ich zupfe auch, mit der Pinzette von Nelly Gold.

»Erzähl mir ein bisschen von dir, Vögelchen«, fordert Mrs Rothman mich auf und legt ihre Hand auf meine. Eingehüllt in süßen Pfeifenrauch beginne ich zu erzählen, und hatte mir zurechtgelegt, was ich sagen wollte, aber in Mrs Rothmans Gegenwart lasse ich die Hüllen fallen und erzähle, wie es um mich steht. Dass ich bewusstlos im Central Park gefunden wurde und mein Gedächtnis verloren habe. Dass ich in einem Altersheim wohne, in einem Zimmer, deprimierend wie eine Abstellkammer. Dass ich eine gute Schachspielerin bin und tanze mit Larry aus Zimmer 22. Dass ich eine Arbeit suche, um nicht zu verschimmeln, aber keinesfalls für Krieg arbeiten würde. Nicht in Spanien, nicht in Amerika, nicht in Deutschland oder China, nirgendwo. Und sie nickt und brummt zustimmend wie eine Pazifistin. »Pazifismus hat nichts mit Pazifik zu tun, auch wenn es eine Strömung ist wie ein Meer«, erkläre ich, um Klugheit zu demonstrieren. Ich erzähle auch vom Mittwochstanzen, von Patatas Kochkünsten, von den Vorlesestunden, und dass ich Bücher liebe. Es klingt so blöd, wie ich es sage. Ich liebe Bücher. Aber Mrs Rothman lächelt und sagt, dass sie auch Bücher liebe. Und ich sage, mein Lieblingsbuch ist kompliziert geschrieben von der Sprache her und handelt von einer alten Frau, die ihr Leben lang ihr eigenes Wesen unterdrückt hat aus erzwungener Freiwilligkeit. Und ihre Urenkelin reißt schließlich aus diesem Zwang aus, um sie selbst und eine Musikerin zu sein. Und ich sage, dass es doch komisch sei, dass man sich in Büchern verlieren und gleichzeitig finden könne, und das beeindruckt Mrs Rothman offenbar, denn sie zieht ihren Rosmarin nach oben.

»Ich muss einfach ein paar Dollar verdienen, damit ich ausziehen kann, von mir aus mit Wechselmatratze«, schließe ich etwas ungeschickt ab.

Mrs Rothman nickt. Ihr dünner Hals wirft tiefe Falten und ich sehe an ihrem Kinn ein weißes Hexenhaar. »Du hast eine angenehme Stimme. Lies mir doch ein bisschen vor.« Sie zeigt auf einen Tisch, auf dem ein Buch liegt. »Bitte sehr«, fordert sie mich auf. »Ich habe es ganz frisch erhalten. Es ist gerade erst in England erschienen.«

Natürlich weiß ich, wo England ist. Das ist eine Insel im Pazifik, aber ganz sicher bin ich nicht. Ich nehme das Buch und lese den Titel. *Der Hobbit oder Hin und zurück.* Hobbit? Das sagt mir gar nichts. Neugierig schlage ich das Buch auf und beginne, mit all meiner Stimme vorzulesen, mit Betonung. Schon auf den ersten Seiten erkenne ich, dass es sich um ein Kinderbuch handelt. Ich bin ein bisschen überrascht, aber die Geschichte ist spannend und zieht mich in ihren Bann. Ich lese zwei Stunden mit glühendem Interesse und versunken, und als ich hochschaue, sehe ich, dass Mrs Rothman mit ihrer Pfeife in der Hand eingeschlafen ist. Ihr Gesicht sieht ganz entspannt aus. Beschämt klappe ich das Buch zu. Ich lege es zurück auf den Tisch und verlasse auf Zehenspitzen das Zimmer. Im Flur begegnet mir ein Mann im Anzug mit einem Gesicht wie Pudding und einem Staubwedel. Er nickt mir freundlich zu und ich gehe, ohne eine Nachricht für Mrs Rothman zu hinterlassen.

Als ich nach Hause komme, sitzen die Bewohner im Saal und essen Roastbeef mit Salzkartoffeln und Sauerkraut. Durch die angelehnte Tür sehe ich Sally Sailor, die zwischen den Tischen herumgeht und Wasser ausschenkt. Ich schleiche den dunklen Flur entlang und schlüpfe zu Patata in die Küche. »Hey, da bist du ja. Wie ist es gelaufen?«, fragt er, stellt mir einen Teller hin und reibt einen Löffel an seiner Schürze blank.

Am nächsten Tag ruft Mrs Rothman mich im Altersheim an. Sally Sailor guckt so komisch, im Sinne von seltsam, während ich telefoniere. Sie bohrt ihren Blick in mich rein, als könnte sie dann mithören, deshalb drehe ich ihr den Rücken zu und grinse die Wand an wie eine Komplizin. Ich habe die Stelle für ordentliche Bezahlung! Ein Blubbern möchte sich Bahn brechen, ich unterdrücke ein freudiges Quieken und brumme mehrmals »mhmm«. Mrs Rothman bestellt mich für heute Nachmittag zu sich. Als ich den Hörer auflege, schaue ich die Heimleiterin triumphierend an mit echtem Lächeln und nicke ihr zu. Und sie hat eine Erleichterung in ihren Augen, dass ich mich wundern möchte, ob sie mich loswerden will. Soll mir egal sein. Patata wartet im Flur auf mich. Ich nehme ihn an der Hand, ziehe ihn in mein Zimmer, schließe ab und schubse ihn sachte aufs Bett. Seine Augen sind wie Scheinwerfer und leuchten alles aus, als ich meine Bluse aufknöpfe. Ich fühle mich quicklebendig. Ohne Scheu zeige ich mich ihm, und was er sieht ist vielleicht anders, als er dachte. Er jedenfalls ist anders, als ich dachte. Mit Haaren überall und so einem Huch im Gesicht, dass ich laut lachen möchte. Und obwohl niemand mich verstehen kann, weil nicht mal ich es kann, ist doch das Schöne, das wir haben, zauberhaft und erlaubt uns, anders zu sein zusammen als alles andere auf der Welt. Für einen süßen Moment bin ich romantisch verliebt wie in einem kitschigen Roman.

»Wie schön, dass es gleich heute geklappt hat. Ich habe keine Zeit zu verlieren, Vögelchen«, sagt Mrs Rothman zu mir, als wir im Salon Platz genommen haben. »Du bist jung und hast das Leben noch vor dir. Wenn ich dir einen Rat geben darf: Such dir etwas Sinnvolles zu tun und vertrödele deine Zeit nicht mit Ärger und Eifersucht.« Erstaunt schaue ich hoch. Eifersucht? Ich weiß nicht einmal genau, was das ist. »Das wirst du schon noch herausfinden«, sagt sie, als würde sie meine Gedanken lesen. »Und nun fang an, Vögelchen.« Sie nennt mich nicht Irma oder Miss Fuchs, sie sagt einfach Vögelchen zu mir. Es stört mich nicht, denn auf gewisse Weise bin ich flattrig von den Nerven her.

Nach dem Hobbit, für den wir ein paar Nachmittage brauchen, lesen wir ein Buch namens *Nightwood*, ein Roman über Beziehungen, geschrieben von Djuna Barnes. Ob das ein echter Name ist, frage ich mich. Djuna. Liebe scheint sehr unlogisch zu sein bei Djuna. Mrs Rothman leidet und fühlt mit den Protagonisten, das kann ich an ihrem lebhaften Gesicht ablesen. In diesem Buch erfahre ich, dass es Männer gibt, die Männer lieben und Frauen, die Frauen lieben. Und es gefällt mir, dass Liebe kein Klischee sein muss, und ich hatte es geahnt, so wie man an den Wolken sehen kann, wie das Wetter wird, auch wenn man manchmal falsch liegt. Mit Patata neulich, da hatte sich ein Gefühl über mir ausgegossen wie warme Himbeersoße auf Vanilleeis mit Silberlöffel und gebügelter Stoffserviette. Danach ebbte das Gefühl wieder ab. Und wir haben manchmal intime Momente mit Haut und Haar und jeder Körperzelle, und ich merke es mir für die tiefe Empfindung des Moments, weil ich Augenblicke sammle für die Zukunft. Es sind schöne Augenblicke. Aber Liebe ist das nicht, auch wenn seine Küsse nach Pfirsich Melba schmecken und er ein Dessert nach mir benannt hat. Sweet Sabrina, das ist eine Dampfnudel mit Orangenmarmelade und Mandelsplittern. Wirklich, wem fällt denn sowas ein? Eine Dampfnudel? Ich könnte mich ausschütten vor Lachen!

Über kurz oder lang und weil ich keine bezahlbare Wohnung und kein Bett in dieser Stadt finde, bietet mir Mrs Rothman an, zu ihr in die Villa zu ziehen. Sie sagt es ganz nebenbei, so wie Einkaufszettel schreiben, aber für mich ist es, als würde plötzlich die Tür zum Himmel aufgehen. Sie sagt, das Gästezimmer ist rosa mit Flamingotapete, und sie könnte die ausgestopfte Fähe auch in den Keller in ihr ehemaliges Labor bringen lassen. Als ob ich Angst vor Füchsen hätte, denke ich und frage mich kurz, was für ein Labor eigentlich, aber finde es nicht weiter wichtig. Und ich nehme das Angebot an mit gesenkter Stimme, damit ich nicht vor Freude quieke.

Bereits eine Woche später beziehe ich das Zimmer im Obergeschoss. Das ganze Haus ist von Swing erfüllt, als ich mit meinem Koffer ankomme. Diese Art von Musik würde Larry sicher auch gefallen, denke ich und bin froh, das Altersheim hinter mir gelassen zu haben. Mrs Rothman ist fröhlich und vital mit roten Wangen und hilft mir, meinen schweren Koffer nach oben zu tragen. Mein Zimmer ist hübsch eingerichtet und auf dem Nachttisch stehen frische Blumen. Die Füchsin ist überhaupt nicht gruselig, sondern schaut zur Tür wie eine Freundin, die auf mich gewartet hat. Wer diese Füchsin präpariert hat, versteht etwas von Taxidermie. Und das ist nicht einfach Ausstopfen, sondern Informbringen entsprechend der Anatomie. Und Präparieren zum Zweck der Forschung und

Ausstellung und Dekoration. Das erklärt mir Mrs Rothman, dabei wusste ich es schon.

Ich wohne nun schon seit ein paar Tagen hier und die Füchsin und ich sind beste Freundinnen geworden und ich erzähle ihr alles. Fast glaube ich, sie antwortet mir, und ich fühle eine Verbundenheit, die neu für mich ist. Und immer, wenn ich auf dem Bett liege und die Augen halb zukneife, tanzen die Flamingos auf der Tapete und die Fähe redet mit mir in Gedanken und erzählt mir, dass sie tausend Jahre alt ist und wie sie gestorben ist. Und ist es nicht ein Zufall, dass sie angefahren und tot aufgefunden wurde im Park. Ich denke mir das nur aus, denn natürlich spricht die Füchsin nicht, sie ist tot und ausgestopft. Gemeinsam lauschen wir den Mäusen hinter der Wand und überlegen, warum sich Menschen eine ausgestopfte Füchsin ins Zimmer stellen. Menschen sind ja kein Museum, und auf dieser Idee kaue ich lange herum, denn manche Menschen verhalten sich so. Sie machen eine Sache in ihrem Leben und lassen sich bis in alle Ewigkeit dafür bewundern. Aber ich, ich bin kein Museum. Von mir gibt es nichts, was von Bedeutung ist. Und das macht mich ein bisschen traurig, was ich der Füchsin erzähle, die ein Verständnis in ihren Glasaugen hat, in denen ich mich spiegele. Und ich habe ein Gefühl von Geborgenheit und tausendjährigem Verstandenwerden, dass ich weinen will. Als hätte ich genau dieses Gefühl vermisst.

Mrs Rothman und ich sprechen immer über die Bücher, die wir lesen. Nie über private Dinge. Was soll ich ihr auch erzählen. Dass ich mich manchmal frage, ob mich denn niemand in dieser Stadt von früher kennt? Niemand winkt mir oder ruft meinen Namen. Und ich stelle mir vor, dass plötzlich drei junge Frauen auf mich zulaufen und mich rufen und wir waren zusammen in der Schule und sie wissen alles über mich. Oder ein Herr spricht mich an und sagt, Hallo Irma, ich bin dein Vater. Und was ein Vater ist, das wird man wohl duzen, nehme ich an. Aber das passiert nicht und warum sollte ich also darüber sprechen.

Ich genieße Mrs Rothmans Gegenwart, sie strahlt so eine Ruhe aus mit ihrer Pfeife. Sie weiß immer, wie es mir geht und ob ich bei der Sache bin. Vielleicht entwickelt man einen Sinn dafür, wenn man alt ist und blind und einen Turm hat aus weißen Haaren. Manchmal, wenn ich lese und kurz zu ihr hochsehe, runzelt sie ihren Rosmarin, als hätte sie mich bei irgendetwas ertappt. Das bringt mich jedes Mal durcheinander. Durcheinander war ich auch neulich, als ich mir ein Getränk aus dem Kühlschrank nehmen wollte. Da stand Mrs Rothman plötzlich hinter mir und hat gesagt, ich dürfe alles nehmen, aber unter keinen Umständen die Flüssigkeit aus den braunen Flaschen. Das sei eine Substanz, die bei mir Schaden anrichten würde. Ich habe eine Gänsehaut bekommen und den Kühlschrank wieder zugemacht.

Eines Tages, nachdem wir den frisch gedruckten Roman *The Grapes of Wrath* von John Steinbeck ausgelesen haben, der voll von Sozialkritik ist und großer Depression, fragt Mrs Rothman mich, ob ich selbst auch Bücher besitze. Es ist mir ein bisschen peinlich, dass ich mein einziges Buch verschenkt habe. Ich erwähne zum ersten Mal meine Eltern, die vielleicht Künstler waren oder auch nicht. Mrs Rothman macht ein Gesicht wie Zitrone, als ich Bauhaus sage. »Schreckliche Sache«, sagt sie. Ich weiß nicht, was sie meint, weil ich keine Studierte bin. »Das Bauhaus ist schon vor einigen Jahren aufgelöst worden. Das waren die Nazis.« Ich schlucke. Von den Nazis habe ich gehört, aber ich kann mir keinen Reim darauf machen, weil es mir unlogisch erscheint. Und im Radio sagen sie nur krummbeinige Sätze darüber, die gar nicht bei mir ankommen. Und dann wieder Musik. Ich spüre eine Scham in mir, dass ich mich nicht für Politik interessiere, weil sie mir kompliziert erscheint und wie gleichzeitig viele Fortsetzungsromane zu lesen mit Geschichten ganz ohne Ästhetik.

Ich bitte Mrs Rothman, mir von den Nazis zu erzählen. »Liest du denn keine Zeitung, Vögelchen?«, fragt sie. Glücklicherweise kann sie nicht sehen, dass ich rot anlaufe. »Die ganze Welt ist in Aufruhr. Vom Krieg zwischen Japan und China hast du aber gehört?« Ich sage Ja, dabei habe ich keine Ahnung. Ich sage entschuldigend, das liegt vielleicht am Unfall mit meinem Gedächtnis. Mrs Rothmans Falten entspannen sich, weil sie ein Verständnis hat für mein Unwissen, und sie sagt, dass sie früher jemanden kannte, der auch sein Gedächtnis verloren hatte. Und dann erzählt sie mir von den Nazis und es ist ungeheuerlich. Ich sitze hier auf einem samtbezogenen Stuhl, blinde Augen und Rosmarin auf mich gerichtet, und muss mir eingestehen, dass ich sehr unwissend bin. Dumm bin ich aber nicht, und habe Wörter und ein Gehirn, womit ich denken und sortieren kann, was zusammengehört. Ich weiß, welche Pilze giftig sind. Und was Flimmerhärchen sind. Ich könnte einen Vortrag über Schleimhaut und Bakterien halten, eine Zeichnung des Gehörgangs machen mit Trompete und Knochen mit Bezeichnung. Über Bienen weiß ich alles, als wäre ich ihre Königin und alle berichten mir, was im Bienenstock los ist. Und wenn man ein Lehrer ist und darüber nachdenkt, was man wissen sollte für ein Leben, dann muss man auch in die Waagschale legen, was das Leben ist. Denn das Leben ist nicht bloß Sinuswellen und Kuhmagen, aber eben auch. Deshalb ist es wichtig, es in seinem Kopf zu bewegen.

Am Abend im Bett fällt mir die Titanic ein, denn hierüber weiß ich Bescheid. Und es sickert in mich, dass ich über die Titanic immer und immer wieder nachgedacht habe. Wie sie gesunken ist, das ist ein Drama von Tod, das in allen meinen Fasern spielt. Und ich weine in der Nacht, weil das Leben so zerbrechlich ist.

Bis zu meinem Einzug bei Mrs Rothman hat ihr Butler morgens immer die Zeitung vorgelesen. Diese Arbeit fällt nun mir zu, und obwohl ich Angst habe vor Krieg und Kernspaltung, ist es gut so, weil es mich aufregt und das ist auch das Leben, das ich lernen und aushalten muss. Abends, im Bett, vermischen sich die Nachrichten mit den Inhalten der Romane. Mrs Rothman hat eine Vorliebe für Fantasy. In meinem Kopf wirbeln Nazis zusammen mit sprechenden Tieren. Ich bringe alles über die Wörter zusammen, und nichts ergibt einen Sinn. Krieg? Neutralitätspatrouille? Kernspaltung? Ein Fledermausmann namens Batman?

Ich bin sofort auf eine Art süchtig nach Zeitungen, so wie ich süchtig nach Patatas Küssen bin. Wenn ich lese, schrumpft alles und verschwindet im Dunkeln. Nur die Nachrichten leuchten grell, so als würde ich einen Film in einem Lichtspielhaus ansehen. In Farbe. Es schockiert mich, was ich aus der Zeitung erfahre. Und freue mich über jede Kleinigkeit, die mal schön ist wie Heiraten von Filmstars. Ich lese alles, was ich in die Finger bekomme. Und gehe neuerdings in die Stadtbibliothek, wo in einem Lesesaal die Tageszeitungen ausliegen. Als ich zum ersten Mal kam, fühlte ich mich wie eine Kuh im Kaufhaus, so als gehörte ich hier nicht hin mit all dem Marmor, den Ledersesseln und der feinen Stille. Eine junge Frau, Rosie, hat mich in meinem gelähmten Staunen angesprochen und mir alles gezeigt. Sowas von nett! Rosie arbeitet an der Rezeption und hat eine Stimme wie Klackerschuhe, die erkenne ich schon von Weitem. Bei meinem zweiten Besuch hat sie mir zugezwinkert. Und das ist eine Sache von Freundlichkeit, die ich schätze.

Fast scheint es mir, dass nur alte Männer Zeitung lesen. Sie sitzen tief über die Seiten gebeugt mit Rücken wie zu lange gearbeitet, einer hat immer einen Notizblock dabei, wohl damit er sich die Ungeheuerlichkeiten und Hochzeiten merken kann. Man grüßt sich hier mit einem Blick wie eiskalter General, und ich grüße auch, obwohl mein Lächeln zu schön ist für solche, die mit zweitem Namen Griesgram heißen. Und sie lesen alle mit Falten auf der Stirn. Und wenn einer ein Blatt ausgelesen hat, faltet er es zusammen und hängt es mit unterdrücktem Ächzen zurück an den Zeitungsständer. Denn das ist hier die Regel. Und niemand würde mir eine Zeitung hinlegen, nur weil es praktisch wäre, weil ich darauf warte. Nein, die Herren! Immer schön nach der Regel, denn das hat man ja gelernt. Und sie halten sich bestimmt für Akademiker und sind vielleicht auch welche, mit Pech ganz ohne Fantasie. Und haben ein Bild von sich, das ganz oben hängt, und glauben, man guckt hoch und klatscht. Und ich nehme an, sie würden sich am liebsten selbst bekomplimentieren und hätten gerne Haare wie Albert Einstein, der ein Physiker ist und sympathisch wirkt wie Larry aus Zimmer 22. Dieser Herr Einstein muss ein kluger Mann sein, wenn er seine eigenen Gedanken versteht.

An einem Mittwoch oder Donnerstag entdecke ich, dass ich Spanisch kann. Es passiert ganz nebenbei, und fast bemerke ich nicht, dass ich eine spanischsprachige Zeitung lese. Ich bin ganz durcheinander, denn erstens habe ich etwas über mich erfahren, und zweitens regt mich auf, was ich lese. Es ist erschütternd wie eine Bombe mit Atom. Da ist die Geschichte über das Mädchen Lina Medina aus Peru. Sie ist fünf Jahre alt und hat per Kaiserschnitt einen Sohn aus ihrem Bauch herausbekommen. Solche Artikel springen mich an und schütteln mich durch. Und ich frage mich, warum im Lesesaal keiner aufstöhnt bei so viel Kummer. Denn wie kann ein Mädchen von fünf Jahren überhaupt schwanger werden? Auch der Artikel über einen bolivianischen Serienmörder, der glücklicherweise gestorben ist, hat mich mächtig aufgeschüttelt. Was ist nur mit den Menschen los? Und ich lese von nun an in der Stadtbibliothek die spanischen Zeitungen, weil ich es kann und einen Eindruck mache.

Patata erzählt mir eines Tages, als wir auf einem Wolkenkratzer sind, dass er sich jetzt auch eine neue Stelle suchen will.

Wegen Sally Sailor, die ihm das Leben schwer mache, und weil es so langweilig ohne mich im Altersheim sei. Siehst du, denke ich, und beobachte die Kräne, die herumschwenken. Ich spucke einen Kirschkern über die Brüstung. »Das kannst du doch nicht machen«, sagt Patata mit einer Entrüstung, die mich aufgucken lässt. »Wenn unten jemand langgeht und ihm fliegt ein Kern um die Ohren.« Ich muss lachen, und stelle mir vor, wie ein feiner Herr sich wundert, dass sein Jackett plötzlich rosa Punkte hat. Patata guckt mich ganz ernst an. Dann redet er weiter über die neue Stelle. Er überlegt, auf dem Bau zu arbeiten, auch wenn Koch im Altersheim sehr praktisch ist, weil man sich dann keine Gedanken über Lebensmittelmarken machen braucht. Er könnte Klavier spielen in einer Bar wie ein Mann vom Film, der die Frauen schwach macht. Und das ist nur eine Idee, denn Geld verdient man damit nicht, und Arbeitslose gibt es viele, selbst ohne Klavierspielen. Auf dem Bau passieren Unfälle mit Stangen, die sich durch Körper bohren. Und Runterfallen natürlich. Darüber habe ich in der Zeitung gelesen, mit Foto. Doch Patata hat davor keine Angst oder tut so, um mir zu imponieren. Und er spricht von seiner inneren Wasserwaage, die aus dem Lot sei, weil er schon so lange den Horizont nicht mehr sieht. Da weiß ich, dass er es ernst meint. Patata ist unerschrocken wie eine Meise. Und das gefällt mir und ich lächle mit Lippenstift, den ich mir gekauft habe im Sonderangebot aus der Werbung.

Tatsächlich findet Patata in kürzester Zeit eine Stelle auf dem Bau. Natürlich Wolkenkratzer. An seinem ersten Tag hole ich ihn von der Arbeit ab. Er sieht müde und glücklich aus, wie er so die Baustelle verlässt mit Staub auf den Schuhen und schief sitzender Mütze. Ich warte etwas abseits mit schickem Pepita-Kopftuch, und kann man leicht mit Hahnentritt verwechseln vom Muster her. Patata läuft geschmeidiger als die anderen, nicht so rumpelig und quadratköpfig. Ich verstecke mich in einem Hauseingang mit Gefühlschaos und rasendem

Herzen. Als er ganz nah ist, springe ich ihm in die Arme. Patata lacht und küsst mich auf den Mund. Und ich höre, wie einer sagt »Heiße Katze« und sage zu ihm »Kalter Hund«, und wir lachen, weil urkomisch und hat keiner mit gerechnet.

Patata teilt sich eine Wohnung mit anderen Bauarbeitern. Seit er nicht mehr im Altersheim lebt, ist es für uns schwierig, einen ruhigen Ort zu finden für gewisse Stunden. Aber dann habe ich mit meinem Herz voll Abenteuer die Idee des Jahrzehnts: leere Baustellen! Und wir kundschaften ein paar aus, wie Reiche, die ein Haus kaufen wollen. Und treffen uns sogar mit einem Makler, ein richtiger Pomadenhengst, der uns für ein Ehepaar hält, zu komisch, und uns ein leerstehendes Haus zeigt, aber Baustellen sind besser. Aus Dämmstoffen machen wir uns ein Lager, gemütlich hoch drei, und das ist romantische Mathematik. Als der Herbst kommt, bauen wir uns in nackten Häusern kleine Höhlen und fühlen uns kuschelig wie in einem Fuchsbau.

Mit Patata habe ich nicht das Gefühl, etwas Verbotenes zu tun. Auch wenn ich natürlich weiß, dass es sich nicht schickt, mit einem Mann zu schlafen ohne Ring von Gold und Versprechen vor Gott. Einerseits bin ich traurig, dass ich mich an meine Vergangenheit nicht erinnern kann. Ich weiß nicht mal, ob ich vor Patata noch Jungfrau war wie diese Maria, oder ob ich religiös bin. Denn ich rufe manchmal »Oh Gott«, aber meine damit verschüttete Milch und solche Dinge. Ich denke nicht, dass ich Gott damit persönlich anrufe, aber man kann nicht sicher sein. Es ist unheimlich, seine Vergangenheit nicht zu kennen. Andererseits bin ich froh, weil ich weiß, dass jeder sein Päckchen zu tragen hat. Und das ist doch auch etwas wert, wenn mich die Vergangenheit nicht belastet. Sollten elterliche Moralkeulen auf mich niedergegangen sein, so habe ich sie vergessen. Patata ist meine Familie. So fühlt es sich an. Bei ihm kann ich sein, wie ich mich fühle. Manchmal wild und manchmal kuschelig, oder beides gleichzeitig.

Natürlich passen wir auf. Ich weiß ganz genau, wie Babys entstehen, und habe in der Apotheke ein Diaphragma gekauft, was so peinlich war, dass das Wort nicht aus meinem Mund herauskommen wollte. Nach ein bisschen Stottern ist es dann doch herausgefallen mit Flüstern hinter vorgehaltener Hand. Ich hatte extra einen Ring angesteckt und bezahlte mit der Hand, an der ich ihn trug. »Wissen Sie, wie Sie das benutzen?«, hat die Apothekerin mich gefragt. Ich wusste es. Manchmal staune ich selbst über mich. Es ist, als würde ich in einem leeren Buch blättern und plötzlich, auf Seite hundert oder zweihundert, steht etwas. Patata glaubt, für Wissen und Erinnern und Gedächtnis gibt es verschiedene Bereiche im Gehirn. Wenn er Bücher wie ein Lexikon lesen würde, müsste er es nicht glauben, sondern könnte es wissen.

Wenn ich mit Patata auf einem Lager aus Dämmstoff liege und wir uns einkuscheln, dann möchte ich am liebsten schnurren. So ein Gefühl von Katze ist es, warm und weich. Vermutlich bin ich etwas in Patata verliebt, denn wenn wir zusammen sind, vergesse ich die Zeit. Und das ist doch ein Zeichen. Aber unlustig ist er bisweilen auf eine Weise, die mein Empfinden dämpft. Und sagte mir letztens, ich wäre leichtsinnig und verrückt von den Ideen her. Das war neulich, als wir mit der Fähre zur Freiheitsstatue rübergefahren sind. Ich wollte schon lange mal in die Fackel hoch, und Patata hat so komisch geguckt, dass ich annehmen musste, dass er es auch wollte. Wie ganz normale Besucher sind wir hoch mit den anderen, ein Geschnatter von Touristen und wir ganz hinten, damit niemand es merkt, wenn wir uns aus der Augenblickslaune heraus in einer dunkeln Ecke verstecken. Und Patata war so ernst wie lange nicht, und fasste alles an, nur mich nicht. Und hatte so ein Seufzen im Blick, als würden ihn die Kupferplatten persönlich angehen. Mein eigentliches Gefühl von Abenteuer wollte gar nicht auf ihn überspringen. Und wir sind also, statt heimlich die Nacht in der Fackel zu verbringen mit Aufregung, mit der Fähre wieder zurückgefahren. Und das war eine Liebesenttäuschung und hat dem Gefühl die Beine weggezogen. Ja, es ist einfach umgekippt und liegen geblieben. Mit Glück wurde es nicht überfahren.

Eines Tages fragt mich Mrs Rothman, ob es nicht an der Zeit wäre, sich einen Beruf zu suchen. Einen echten. Denke sofort an Klingelfee. Guten Tag? Verbinde! Oder Assistentin in einem Labor für Medizin, mit Kühlschrank für Beutel voll Blut mit Rhesusfaktoren. Mich schaudert. Und ich möchte gar nicht bei Mrs Rothman ausziehen, weil meine Lebensweise bequem ist mit Tee und Swing-Musik und Flamingozimmer. Ich mache mir sofort wie wild Gedanken, das sind Schwärme aus Wörtern und Gefühlen, die sich finden und auflösen und finden und auflösen. Und meine Ideen sind wie kleine Krebse, die in Schneckenhäusern wohnen. Und eines Tages, das ist heute, werden sie ans Ufer gespült, weil ein großer Sturm alles aufgewühlt hat. Und sie laufen an Land und zeigen sich dem, der genau hinguckt. Ich gucke genau. Aber außer Klingelfee, Verkäuferin und Ankleidedame zeigt sich nichts. Was auch daran liegen kann, dass ich Tränen in den Augen habe und alles nur verschwommen sehe.

»Vögelchen, ich möchte dich wirklich nicht beeinflussen, aber wie wäre es mit einem Schreibmaschinenkurs?«

»Sie meinen, Sekretärin würde zu mir passen?«, frage ich mit Schwummern und sehe mich schon an einem winzigen Schreibtisch vor einem dicken, rauchenden Zeitungsverleger sitzen, der irgendwelche unverständlichen Sachen diktiert und mir sülzige Blicke zuwirft. Was für ein Widerling! Für den werde ich ganz bestimmt nicht arbeiten.

»Das habe ich nicht gesagt. Ich meine nur, dass es sicher sinnvoll ist, Schreibmaschine schreiben zu können.« Sie tippt mit ihren knochigen Fingern in der Luft. »Ich selbst habe früher hervorragend getippt. Ganze Bücher habe ich getippt.«

»Sie haben Bücher geschrieben?«, frage ich erstaunt.

»Ich habe sie nur aufgeschrieben. Habe ich nie davon erzählt?«

Ich schüttele den Kopf und schicke ein Nein hinterher, denn sie ist ja blind.

»Als ich eine junge Frau war und noch bei meinen Eltern wohnte, lernte ich eine Schriftstellerin namens Tallulah Rivera kennen. Sie ging bei uns zu Hause ein und aus, meine Mutter führte einen hervorragenden Salon. Meine Schwester und ich kannten alle interessanten Persönlichkeiten dieser Zeit. Tallulah war eine umwerfend schöne Frau. Sie trug Hosenanzüge und hatte eine goldene Taschenuhr, das hat mich sehr beeindruckt.« Mrs Rothmans mädchenhaftes Lachen verjüngt sie um zwanzig Jahre. Ich beobachte gespannt ihr Gesicht. »Sie brachte mir jedes Mal ein Buch mit. Einmal schenkte sie mir eine Schreibmaschine. Sie war ein Ungetüm. Tallulah zeigte mir, wie sie funktionierte. Ich übte fleißig mit dem Büchlein, das sie mir mit der Maschine geschenkt hatte. Bei ihrem nächsten Besuch führte ich ihr vor, wie ich tippen konnte. Sie war beeindruckt und schenkte mir eine Kette.« Mrs Rothman greift an ihren Hals und umfasst ein Medaillon.

»Waren Sie in Tallulah verliebt?«, flüstere ich, denn ich halte es für möglich.

»Nein, Vögelchen«, lacht sie. »Ich habe sehr früh geheiratet. Albert, er war Arzt und ein Freund meines Vaters. Mit Tallulah hat mich etwas ganz anderes verbunden. Sie schrieb wundervolle Geschichten. Wir haben viel Zeit zusammen verbracht, sind zu Polo-Turnieren gefahren, waren bei Ausstellungseröffnungen. Tallulah und ich sind gerne auf Wohltätigkeitsbälle gegangen. Albert hätte sich dort nur gelangweilt. Sie hat gern seine Anzüge getragen.«

»War Albert denn nicht eifersüchtig?«

»Worauf denn?« Mrs Rothmans Augen lachen. »Nein, Albert war nicht eifersüchtig. Er brauchte es auch nicht zu sein.

Tallulah, ja, die liebte mich. Aber für mich war es eine rein platonische Beziehung. Auch wenn Albert es sich anders gewünscht hat.«

Ich mache große Augen. »Was hat sich Albert denn gewünscht?«

»Albert wollte, dass ich glücklich bin. Er hätte gewollt, dass ich eine Liebesaffäre mit Tallulah gehabt hätte. Aber ich war nun mal nicht in sie verliebt. Ihr hat es das Herz gebrochen.«

»Albert wollte, dass Sie eine Affäre haben?«

Mrs Rothman lächelt. »Ja, das hätte ihm gefallen. Wir haben uns getrennt, als wir merkten, dass unsere Liebe nicht groß genug war. Aber wir haben die meiste Zeit weiter zusammengewohnt. Ich habe dieses Haus geerbt, als Albert gestorben ist. Eine Zeit lang haben wir hier zu dritt gewohnt, Tallulah hatte das Flamingozimmer. Wir haben jeden Abend zusammen im Salon Pfeife geraucht, es war eine herrliche Zeit. Ich habe die beiden immer meine alten Herren genannt. In ihrer Gegenwart war ich jung.« Mrs Rothman lacht bei der Erinnerung an ihre Frische. »Tallulah ist schließlich an gebrochenem Herzen gestorben, die Arme. Mich hat es sehr mitgenommen. Ich bin dann ausgezogen, denn nur Albert und ich, das ging nicht gut. Zwischenzeitlich hatte ich eine kleine Wohnung, und dann habe ich noch eine Weile in England studiert und gearbeitet. Nach Alberts Tod bin ich zurückgekommen. Ich habe ihn doch irgendwie geliebt.«

Und da ist die Liebe schon wieder. Dieses Biest. Ich weiß wirklich nicht, was ich von ihr halten soll.

Obwohl ich große Sorge habe, dass ich nicht länger bei Mrs Rothman wohnen bleiben kann, wenn ich einen Job als Sekretärin annehme, habe ich mich bei einer Abendschule angemeldet, um das Maschineschreiben zu erlernen. Wir sind fünfzig Frauen und der Lärm ist ohrenbetäubend. Wie Presslufthammer im Hühnerstall. Die Stunden sind immer gleich: Pünktlich um sieben Uhr verteilt die Lehrerin voll Beflissenheit die Arbeitsaufträge. Dann sind fünf Fragen erlaubt, danach beginnen wir mit dem Tippen. Ich stelle nie Fragen, weil ich gar nicht weiß, was ich fragen soll. Außer einmal, da frage ich nach der Tottaste, weil ich auch auf Spanisch tippen möchte und dafür Akzente und die Tilde brauche. Ich frage aber nicht, warum die Taste tot ist. Für mich sind alle Tasten lebendig. Manche Kursteilnehmerinnen üben Steno, andere, wie ich anfangs, mühen sich mit den einzelnen Tasten ab. Es dauert nicht lange, da wissen meine Finger ganz gut Bescheid und tippen von alleine, ohne Denken. Ich mache schnell Fortschritte und zwar mit Absicht, denn ich will nur eins: möglichst schnell mein Diplom als Typistin in den Händen halten und diesen Haufen gackernder Frauen hinter mir lassen, die so blöde Fragen stellen wie »Wie wechselt man das Farbband?«. Als ob wir farbig tippen würden. Aber das Band musste ich auch schon wechseln. Das habe ich einfach gemacht, ohne Fragen. Schon nach wenigen Wochen bin ich bemerkenswert schnell auf der Maschine, und die Lehrerin sagt, ich würde mich auch zum Transkribieren eigenen. Sie gibt mir ein Abspielgerät mit Kopfhörer wie Telefon und ein paar Bänder, die ich anhören und abtippen soll. Es ist schwierig, die Stimmen auseinanderzuhalten, aber mir gefällt die Aufgabe. Es ist erhebend, aus einem Gespräch, bei dem drei Männer durcheinanderreden, ein sauberes Dokument zu machen. Ich weise sie in ihre Schranken, streiche ihre Ähs und Hmmms. Es gefällt mir. Doch schon nach wenigen Tagen verliere ich das Interesse, weil mir diese Art von Arbeit doch recht langweilig erscheint. Warum soll ich die Gespräche von Männern aufräumen, die durcheinanderreden?

Bei der Abschlussfeier habe ich gemischte Gefühle. Ich habe ein Diplom im Tippen, und das ist ein himmlischer Abgrund, denn ich möchte das Nest bei Mrs Rothman eigentlich nicht verlassen. Umso erfreuter bin ich, als sie mich am Abend meines Abschlusses feierlich fragt, ob ich für sie ein Manuskript tippen möchte. »Ich stecke voller Geschichten, die eine Reise durch die Zeit sind. Und wir haben uns doch so gut aneinander gewöhnt, Vögelchen«, sagt sie. Und ich freue mich und wundere mich gleichzeitig, denn war es nicht sie gewesen, die mich ermuntert hatte, etwas zu lernen, um mir meinen Lebensunterhalt zu verdienen? »So habe ich das vielleicht gar nicht gemeint«, murmelt sie. »Jedenfalls, wenn du möchtest, können wir gleich morgen früh anfangen. Ich habe schon eine Schreibmaschine für dich gekauft.« Ich bin sprachlos. Im Salon läuft eine Schallplatte und auf dem Tisch steht eine nagelneue Schreibmaschine. Auf dem eingezogenen Blatt steht *Herzlichen Glückwunsch, Vögelchen.* Es ist eine elektrische Schreibmaschine! Ich komme mir toll vor wie eine virtuose Typistin. Mit einer Elektronischen habe ich noch nie geschrieben, aber es wird sicher wunderbar sein. So sieht also die Zukunft aus. Wir stoßen an mit Schaumwein und essen frittierte Zwiebelringe mit Silberbesteck, was Mrs Rothmans Lieblingsspeise ist.

LASZLOS GESCHICHTE

Ich bin aufgeregt und habe schon zweimal den Ort der Bequemlichkeit aufgesucht. Ich habe keine Ahnung, was mich erwartet. Es ist eine Nervosität, die sich wie Zittergras ausbreitet. Ich möchte beten, dass die Geschichten von Mrs Rothman nicht voller Peinlichkeit und Klischee sind, aber ich weiß nicht, ob Gott dafür zuständig ist. Ein seltsames Gefühl von Scham macht sich in mir breit. Ist es nicht so, dass jemand sich entblößt, wenn er eine Geschichte erzählt? Patatas Geschichten könnte ich ohne Weiteres aufschreiben. Ihn habe ich nackt gesehen. Aber Mrs Rothman?

»Vögelchen, ich habe uns einen Tee bestellt. Mach es dir gemütlich«, sagt Mrs Rothman, als ich zögernd den Salon betrete. Sie sitzt in einem gelben Mantel kerzengerade in ihrem Sessel, stopft ihre Meerschaumpfeife und strahlt über das ganze Gesicht. Neben ihrer Teetasse steht eine kleine leere Flasche. »Wir haben einiges vor uns. Heute möchte ich dir die Geschichte von László erzählen. Er war Fensterputzer. Er hat wie du sein Gedächtnis verloren. Das war, bevor ich ihn kennenlernte.«

»Dann ist es eine wahre Geschichte?«, frage ich, während ich ein Blatt einspanne.

»Es ist eine Zeitreise, und die sind bekanntlich wahr. Geschichten werden lebendig durch Erzählen«, sagt sie mit einer jugendlichen Stimme. »Ich habe László geliebt. Ich liebe ihn noch immer.«

Erstaunt schaue ich hoch. Ihre Nase kräuselt sich vor Vergnügen und meine Anspannung lässt augenblicklich nach.

László hatte eingewilligt, Hedwig nach Sankt Petersburg zu fahren. Das war von Weimar aus eine weite Strecke und László hatte schon dreimal getankt. Hedwig saß auf der Rückbank und sagte kein Wort, und auch László wusste nicht, was er sagen sollte. Hin und wieder fragte er, ob Hedwig Rast machen wollte, aber sie schüttelte jedes Mal den Kopf. László war es nicht egal. Er machte sich Gedanken. Er hatte Hedwig ein paar Mal in der Weberei gesehen und wusste, dass sie eine Geliebte von Jeremias Hiller war, der noch mindestens zwei anderen Schülerinnen am Bauhaus den Hof machte. Es ging László nichts an. Er verrichtete Hausmeisterarbeiten für Hiller und fuhr ihn bei Bedarf mit dem Auto herum. Er hatte schon manche junge Frau in der Nacht mit dem Auto nach Hause gefahren. Aber Russland war eine andere Sache.

»In Russland ist es erlaubt«, sagte Hedwig unerwartet mitten in der Nacht mitten in Polen.

László schaute in den Rückspiegel.

»Es gibt ein Gesetz. Aber es darf nicht jeder machen«, sagte sie und starrte László mit ihren dunklen Augen an.

László räusperte sich. Er wusste nicht, warum Hedwig in ein russisches Krankenhaus musste. Hiller hatte von einem Spezialisten gesprochen, mehr hatte er László nicht gesagt.

»Er hat mir Geld gegeben, damit ich es wegmachen lasse.«

»Ist es schmerzhaft?«, fragte László.

Hedwig lachte schrill auf. »Ein Baby wegmachen lassen? Ob das schmerzhaft ist?«

László merkte, wie ihm das Blut in den Kopf stieg, und konzentrierte sich auf die Straße. Die Scheinwerfer warfen nur wenig Licht auf die

Fahrbahn.

»Er hat gesagt, ich fliege von der Schule, wenn ich es behalte.«

Hedwigs leises Weinen zog Fäden in Lászlós Kopf. Er starrte so angestrengt auf die Straße, dass seine Augen schmerzten. Als sie durch ein Dorf fuhren, hielt er den Wagen an und stieg aus. László konnte das nicht. Er konnte Hedwig nicht in ein russisches Krankenhaus fahren, wo ein russischer Arzt mit russischer Sondergenehmigung ihr das Kind wegmachen sollte. Er trat gegen das Auto und biss sich in die Faust. Dann öffnete er die Tür und fragte Hedwig, ob sie ein Käsebrot essen wollte. Hedwig nickte und ließ sich von László aus dem Wagen helfen. Stumm und im Stehen aßen sie die Brote und tranken kalten Kaffee. László warf Hedwig kurze Blicke zu, die jedoch an ihr vorbeizufliegen schienen. Er schaffte es nicht, dass sie den Blick hob. Also streckte er die Brust heraus, fuhr sich mit den Fingern durch das Haar und räusperte sich, bis Hedwig nicht anders konnte, als ihn von der Seite anzusehen.

»Möchten Sie, dass ich Sie nach Russland fahre?«, fragte er. Es war eine der mutigsten Fragen, die er je einer Frau gestellt hatte.

Hedwig ließ den Blick sinken, als sei er aus Blei. Sie hatte Mühe, den Kopf zu schütteln, doch László sah es.

»Also möchten Sie nicht, dass ich Sie nach Russland fahre?« László war sehr froh und gleichzeitig sehr ängstlich. »Ich fahre Sie überall hin, Sie müssen es mir nur sagen.«

Hedwig lächelte und László war noch nie so

glücklich wie in diesem Augenblick. Wobei das nicht ganz stimmte. Er war schon einmal glücklich gewesen. Vor vielen Jahren in New York, als unsere seltsame Geschichte begann.

László war achtzehn Jahre alt, als er das Schiff Isère betrat, das ihn und die in zweihundert Kisten verpackten Einzelteile der Freiheitsstatue nach New York bringen sollte. Er war stolz, an diesem kolossalen Werk mitgearbeitet zu haben und es nun nach Amerika zu bringen. László war einer von vielen Arbeitern, die die Fackel verladen hatten. László schiffte sich mit dem Traum ein, in der Neuen Welt Gold zu finden und ein reicher Mann zu werden. Als die Isère im Hafen von New York ankam, wurde sie mit Begeisterung empfangen. Hunderte von Menschen säumten die Docks, um das Spektakel zu erleben. László bekam davon nicht viel mit, er lag mit Fieber unter Deck und durfte das Schiff erst nach einer zweiwöchigen Quarantäne verlassen, als das Konfetti schon längst verweht war. Es sollte noch einige Monate dauern, bis der Sockel vollendet war. Erst im April 1886 begannen sie mit dem Zusammenbau der Statue, was ein gewagtes Unterfangen war, da kein Gerüst aufgebaut werden konnte und die Arbeiter an Seilen hingen, um die Kupferplatten an den Stahlträgern zu befestigen. Im Oktober 1886 wurde die Freiheitsstatue schließlich feierlich eingeweiht. Nur zwei Jahre später, László hatte statt Gold einen Job als Fensterputzer gefunden, passierte es, dass László von einem Fenstersims hinunterfiel, in eine kaputte Oberleitung griff und sich beim Aufprall auf dem gefrorenen Boden

den Schädel brach.

Er hätte zweimal tot sein müssen. Doch er war es nicht. Weder der elektrische Schlag noch der Schädelbruch hatten ihm das Leben ausgehaucht. László lebte, auch wenn er davon nichts merkte. Die Ärzte gaben ihn, den doppelten Unglücksfall, nicht auf, und so erwachte er am 5. April 1889 nach fünf Monaten aus dem Koma. Er schlug die Augen auf und gab einen Ton von sich, der so leise war, dass niemand ihn hören konnte. Aber László fühlte ihn, er kitzelte an seinen Lippen. Eine Frau schaute auf ihn hinunter. Sie hatte drei Leberflecke unter dem linken Auge.

»Sie haben heute Geburtstag«, sagte die Frau. Als sie László anlächelte, entblößte sie ihre leicht schiefen Zähne. László fand sie reizend. Ein Mann trat an sein Bett. Er schaute László kurz an, leuchtete ihm in die Augen, sprach leise mit der Frau und ging dann wieder hinaus. Die Frau blieb bei László und sang leise ein Lied, das in seinem Kopf dröhnte. Als er einschlief, träumte er von einem Hammer, der ihm immer wieder auf den Kopf schlug.

Als László wieder aufwachte, war es dunkel im Zimmer. Fieberhaft versuchte er, sich zu erinnern, wer er war und was geschehen war. Nichts. Absolut nichts zeigte sich ihm. Er hatte keinerlei Erinnerungen. Nachdem sich seine Augen an die Dunkelheit gewöhnt hatten, konnte László ein paar Umrisse im Zimmer ausmachen. An der Wand stand ein Tisch. Ein Stuhl stand etwas schräg daneben. Lászlós Kopf schmerzte, das Atmen tat ihm weh. Sein Mund war trocken und seine Lippen waren aufgerissen. Als die Tür aufging und ein gelber Lichtkegel in sein Krankenzimmer fiel, stöhnte László leise auf, um auf sich aufmerksam zu machen. Die Frau, die ihm vorgesungen hatte, trat in sein Gesichtsfeld. Er folgte ihr mit den Augen. Sie ging energisch durch den Raum, zog die Gardinen auf und öffnete das Fenster. Kühle Luft strömte herein. László atmete tief ein. Er wollte etwas sagen, doch sein Mund gehorchte ihm nicht. »Guten Morgen«, sagte die Frau, nachdem sie an sein Bett getreten war und sie einen tiefen Blick getauscht hatten. Sie wechselte die Verbände, wusch ihn und strich ihm Fett auf die Lippen. László war so dankbar, dass er sich in die Frau verliebte. Sie hieß Marta, war neununddreißig Jahre alt und redete viel. Er hörte einfach nur zu und lächelte mit den Augen.

Vier Wochen später kamen die Verbände endlich ab und László wurde aus dem Krankenhaus entlassen. Er sprach nicht viel, weil das Sprechen wehtat. László wusste nicht, wo er hingehen sollte. Hieß er überhaupt László? Er hatte keine Papiere bei sich gehabt, nur seinen Eimer, der bei seinem Sturz kaputt gegangen war, und seinen Fensterputzlappen.

»Sie haben gesagt, ich hätte Geburtstag gehabt«, sagte László zu Marta in der Hoffnung, dass sie mehr wusste. Jedes Wort, das er sprach, schmerzte in seinem Mund.

Marta lachte. »Ich weiß nicht, wann Sie geboren sind, aber dass Sie diesen Sturz überlebt haben, und den elektrischen Schlag, ist ein Wunder! Das habe ich damit gemeint.«

»Aber dass ich László heiße stimmt?«, fragte er.

»Wir nennen Sie hier so. Gefällt Ihnen der Name?«

László nickte.

»Mein Großvater hieß László. Er kam aus Budapest.«

»Sie haben mir auf Ungarisch vorgesungen. Ich verstehe Ungarisch«, sagte László und war froh, dass er etwas wusste.

»Ja, Sie haben immer reagiert, wenn ich gesungen habe. Ich habe es an Ihrem Gesicht abgelesen.« Marta schaute László liebevoll an.

Und so kam es, dass Marta, die vor Kurzem eine kleine Wohnung in Brooklyn gemietet hatte, László mit zu sich nach Hause nahm.

Es vergingen ein paar Monate, in denen László sich erholte. Sein körperlicher Zustand besserte sich zusehends. Er liebte Marta aus Verbundenheit, und sie liebte ihn einfach so, auch wenn er ihr Sohn hätte sein können. Und tatsächlich wäre ihr Sohn so alt wie László gewesen, wäre er nicht im Alter von fünf Jahren an einer Lungenentzündung gestorben. Marta war seitdem ein anderer Mensch, und auch die Beziehung zu ihrem Ehemann hatte darunter gelitten. Sie hatten sich jedoch nie scheiden lassen. Dass Marta verheiratet war, machte László anfangs zu schaffen, doch sie versicherte ihm, dass ihr Mann ihr jede Freiheit ließ. Bei einem gemeinsamen Abendessen erfuhr László, dass Martas Mann ihn im Krankenhaus behandelt hatte.

»Sie sind mein Arzt?«, flüsterte László, als Marta kurz rausgegangen war.

»Ja«, antwortete Martas Mann freundlich.

»Es ist ein Wunder, dass Sie überlebt haben.«

»Und es macht Ihnen nichts aus?«, fragte László und meinte seine und Martas Liebe.

»Im Gegenteil. Sie machen meine Frau glücklich. Durch Sie fühlt sie sich jung. Durch mich, nun ja -«, sagte er und strich sich über den weißen Bart.

Der Fensterputzlappen hing gut sichtbar in der Küche und erinnerte László jeden Tag daran, dass er sich eine Arbeit suchen musste. Und eines Tages, als Marta bei ihrer Schicht im Krankenhaus war, ging er los, um eine Arbeit zu finden. Er lief drei Stunden durch die Stadt, überquerte die Brooklyn Bridge, hielt Ausschau und ließ sich in den Straßen von Manhattan treiben. Als er die Freiheitsstatue erblickte, die ihre vergoldete Fackel in den Himmel streckte, blieb er wie angewurzelt stehen. Am Abend erzählte er Marta davon, dass er sich an die Fackel erinnerte. Ihr Gesicht leuchtete, als hätte László ein Licht angezündet.

Nur wenige Tage später fand László eine Arbeit auf dem Bau. Marta machte sich große Sorgen, aber László war guter Dinge. Noch einmal würde er nicht in die Tiefe stürzen. Das Fundament und die ersten Stockwerke des New York World Building standen bereits. Es war ein aufregender, körperlich anstrengender Job und László kam an seine Grenzen, doch er hielt durch und behielt seinen Job bis zur Fertigstellung des Gebäudes. Er hatte nicht nur das Haus gebaut, er hatte auch sich selbst körperlich wieder aufgebaut. Er fühlte sich stark und jung und machte Marta eines Abends einen Heiratsantrag. »Lass uns eine Familie gründen«, sagte er und küsste sie sanft. Am darauffolgenden Tag verschwand Marta spurlos, ohne ihm eine Antwort gegeben zu haben. László machte sich große Sorgen. Er suchte ihren Mann im Krankenhaus auf, der sich bedeckt hielt, und meldete Marta bei der Polizei als vermisst. Doch sie war und blieb wie vom Erdboden verschluckt. Monate später erhielt er eine Postkarte aus England, wo sie an einer Fachhochschule für Chemie angenommen worden war. Sie schrieb, dass sie Biochemie studierte, um die chemischen Abläufe in Lebewesen besser zu verstehen. Und dass sie ihn nie vergessen würde. Zu Tode betrübt zog László nach Manhattan, wo er sich eine Unterkunft mit acht Männern teilte, von denen die meisten im Hafen arbeiteten, und so nahm auch László einen Job als Hafenarbeiter an.

Die Jahre gingen ins Land. Die fünf Boroughs schlossen sich zu einer Stadt zusammen, und der erste Spatenstich für die Subway von New York wurde getätigt. Doch László hatte trotz der harten Arbeit und der Umstände, aus denen er nicht herauskam, eine Haut wie ein junger Mann. Er wohnte mittlerweile in einer Wohnung, die er sich mit nur drei anderen Männern teilte. Jeder hatte sein eigenes Bett, was ein großer Luxus war. Die Mitbewohner machten sich über László lustig, dem sie den Spitznamen Beau gegeben hatten. László störte es nicht. Doch nach etwa zehn Jahren musste er einsehen, dass etwas nicht mit ihm stimmte. Er alterte nicht. Er war und blieb einundzwanzig, oder wie alt er eben war, das wusste niemand so genau. László hatte keine Freunde, er hatte Bekannte, die mit den Jobs wechselten. Fensterputzer, Bauarbeiter, Müllabfuhr, Barbier, László machte Arbeiten, die er als ungelernter Einwanderer ohne Papiere bekam. Er hatte versucht, Papiere zu bekommen, doch niemand half ihm und so hatte er es schließlich aufgegeben.

Es war das Jahr 1906, zwei Jahre nach Inbetriebnahme der Subway, an der László zeitweise mitgearbeitet hatte, als ihm die Idee kam, nach Europa zu fahren. Immerhin sprach er Englisch, Spanisch, etwas Deutsch und Ungarisch. Damit würde er weit kommen, dachte er. László heuerte auf einem Kreuzfahrtdampfer an, und weil er jung war und Muskeln hatte, bekam er einen Job tief im Bauch des Schiffes. Die Überfahrt war schrecklich und als László von Bord ging, schien es, als sei er um ein paar Jahre gealtert, doch nach einem Bad in einem Weiher und einer Rasur war er wieder jung wie eh und je.

Am selben Tag fand László Arbeit als Erntehelfer auf einer Apfelplantage im Alten Land.

László war kein offen politischer Mensch. Er hatte zwar eine Meinung, und zwar, dass jeder sein Leben so leben können sollte, wie es ihm beliebte, doch seine Meinung behielt er lieber für sich. In Amerika hatte er einmal seine Arbeit verloren, weil er einen gerechten Lohn gefordert hatte. Nicht alleine natürlich, sondern in der Gruppe. Es schien ihm, dass er immer zu den Verlierern gehörte. Wie würde er jemals seinen sozialen Status verbessern und sich seinen Traum vom Klavierspielen erfüllen können, wenn er nicht einmal genug Geld verdiente, um sich eine eigene Wohnung zu nehmen?

Der Wunsch, Klavier zu spielen, war erstmals in ihm aufgekeimt, als er in Hamburg bei einem wohlhabenden Kaufmann als Laufbursche unterkam. Doch das Klavier, auf dem die Töchter des Hauses täglich klimperten, war so schlimm verstimmt, und das herrische Auftreten und der Befehlston des rotgesichtigen Kaufmanns waren derart unerträglich, dass László sich eine neue Arbeit suchte. Auch hatte er für Klavierstunden kein Geld, und so verwarf er den Gedanken wieder.

Von Hamburg aus, wo er für ein Pianohaus Klaviere schleppte und sich dann wieder im Hafen verdingte, weil er die Tiraden der alten Frau Trübger nicht ertragen konnte, verschlug es ihn schließlich in die Industriestadt Dessau. László folgte seinem Kumpel Manuel, der Arbeit in einer Fabrik gefunden hatte. »Komm nach Dessau«, hatte er bereits vor Jahren geschrieben. »Hier gibt es Arbeit für hundert Männer, mein Freund. Wir machen Stromautomaten und Heizkessel.« László musste auch deshalb umziehen, weil seine Vermieterin bereits Bemerkungen über seine Jugendlichkeit gemacht hatte. Immerhin wohnte er schon acht Jahre in dem Zimmer, und er war keinen Tag gealtert. Das fiel selbst der kurzsichtigen Vermieterin auf, der er mehrmals beteuern musste, dass er einen Schädelbruch erlitten hatte und deshalb nicht in den Krieg ziehen musste.

In Dessau heuerte László bei Junkers an. Statt Stromautomaten und Badeöfen zu bauen, arbeitete er an der Junkers J 1 mit, dem ersten Flugzeug der Welt, das vollständig aus Metall gebaut war. Militärflugzeuge und Feldküchen gingen in

Serie. László gefiel das nicht, doch was sollte er tun. Er konnte den Krieg nicht beenden. Und auch nicht die Influenza, die in allen Teilen der Welt wütete, als wollte sie den Menschen sagen, wie sinnlos ihr Krieg war. László hatte von den Geisterschiffen gehört, die zwischen Europa und Amerika fuhren. Liverpool, New York, Philadelphia. Das waren die Orte, wo die Geisterschiffe ab- und anlegten. László hatte davon in einer spanischen Zeitung gelesen, die ein Arbeitskollege aus seiner Heimat mitgebracht hatte. Sollte er der Berichterstattung glauben, wenn doch in den deutschen Zeitungen nichts über die Schwere dieser Grippewelle stand? László hatte im Radio gehört, dass es sich um eine milde Form der Influenza handelte, die man mit Zwiebeln behandeln könnte. Jorge, sein spanischer Kollege, zuckte nur die Achseln und sagte: »Weißt du, warum es Spanische Grippe heißt? Weil Spanien darüber berichtet. Deshalb. Wir haben es nicht mehr oder weniger als ihr, aber wir müssen nicht so tun, als wären wir unbesiegbar. Ihr tut so, als wäre es eine milde Erkältung, aber wer hinschaut, der sieht.« Während er das sagte, setzte Jorge einen irren Blick auf. Und es war, wie Jorge sagte: Die kriegsführenden Länder berichteten nur gemäßigt über die Epidemie. László ahnte, dass die Influenza durch die ganze Welt irrlichterte. Warum sollte sie an einer Grenze Halt machen? Etwa weil die Leute so viele Zwiebeln aßen und sich Zwiebelsaft in die Körperöffnungen rieben?

In dieser Zeit der Totenglocken gab es nicht viel, über das sich László freuen konnte. Aber einen Lichtblick gab es, er lernte endlich Klavier spielen. Manuel, mit dem er sich ein Zimmer teilte, brachte es ihm an ihren freien Vormittagen in der Kneipe unter ihrer Pension bei. Er war ein guter Lehrer und ein herausragender Pianist. Schon nach kurzer Zeit flogen Lászlós Finger mühelos über die Tasten des abgegriffenen Instruments. Das Klavierspielen war eine willkommene Ablenkung von der schweren Arbeit und der Angst, die László im Klammergriff hatte. Der Krieg und die Grippe schwebten über allem, und László hatte aufgehört, Radio zu hören und die Zeitung zu lesen. Natürlich konnte er sich dem Elend nicht entziehen. Es tobte, riss und wütete. Schulen, Theater und Vorführungshäuser waren offiziell geschlossen, die Spitäler waren übervoll. Gottesdienste und Leichenfeiern waren verboten, und in den Gefängnissen starben die Gefangenen in ihren Zellen. Es war eine Zeit, in der selbst die Stille schrie. Im Klavierspiel kam László etwas zur Ruhe.

Als der Krieg endlich vorbei war, wagte László wieder, Zeitung zu lesen. Er las auch die Flugblätter, die unter den Arbeitern verteilt wurden. Es herrschte Aufbruchsstimmung, alles brummte wie ein Bienenstock. In der Fabrik wurden wieder Stromautomaten und Heizkessel hergestellt, doch László hatte den Drang, den Ort zu verlassen, der ihn an die Kriegsjahre erinnerte. In der Zeitung las er eine Stellenanzeige: Hausmeister für das Bauhaus gesucht. László hatte keine Ahnung, was das Bauhaus war, doch als Hausmeister hatte er Erfahrung. Er sah sich schon mit Besen und Handfeger und lächelte bei dem Gedanken. Er würde Dessau auf jeden Fall verlassen, also kündigte er sein Zimmer, sagte Manuel Lebewohl und fuhr nach Weimar, wo er zunächst einen Barbier aufsuchte, um sich das Haar und den Bart trimmen zu lassen. László erkundigte sich nach dem Bauhaus, und der Barbier erzählte, dass die Weimarer Bürger die Kunstschule gar nicht gern sahen. Die Schule ist modern. »So weit sind die Leute hier noch nicht«, sagte der Barbier und seifte László ein. »Ich persönlich habe kein Problem mit jungen Leuten, die handwerklich und künstlerisch begabt sind«, sagte er und zwinkerte László im Spiegel zu. Das erste Jahr wäre das schwerste, hätte er gehört.

»Sind Sie politisch?«, fragte der Direktor, Walter Gropius, als László auf einem schnörkellosen Stuhl Platz genommen hatte.

»Nein«, antwortete László und hoffte, dass das die Antwort war, die sein Gegenüber hören wollte.

»Na, Sie sind ja noch jung. Das wird schon noch«, sagte Gropius freundschaftlich. »Also, wie man einen Besen benutzt, werden Sie wohl wissen. Und wenn Sie Flugzeuge zusammengeschraubt haben, werden Sie wohl auch Glühlampen wechseln können. Angst vor Spinnen?«

»Nein.«

Gropius lachte. »Also von mir aus. Sie sehen doch anständig aus.«

»Möchten Sie nichts über mich wissen?«, fragte László, der sich schon häufig beworben hatte.

»Was möchten Sie denn erzählen?«, entgegnete Gropius, stand auf und setzte sich lässig auf seinen Schreibtisch.

»Ich war früher Fensterputzer«, begann László.

»In New York.«

»Früher. Das klingt, als wäre es eine Ewigkeit her«, lachte Gropius. »Fenster putzen können Sie hier auch. Und wenn ich Ihnen anraten darf, sich bei Hiller vorzustellen, der braucht noch jemanden für sein Haus und seinen Garten. Vielleicht können Sie da ein Zimmer kriegen.«

László nickte.

»Meine Assistentin zeigt Ihnen das Gelände und die Häuser«, sagte Gropius und überreichte László einen Schlüsselring mit siebzehn Schlüsseln.

Die Schlüssel machten László keine Angst, er konnte sich Sachen gut einprägen. Was ihm Sorgen bereitete, waren die vielen jungen Menschen. In seiner Rolle als Hausmeister würde er nie Anschluss kriegen. Wer freundete sich schon mit einem Hausmeister an? László seufzte.

Gropius runzelte die Stirn. »Möchten Sie den Job nicht?«, fragte er und zog die Hand mit dem Schlüsselring zurück.

»Doch, doch«, beeilte sich László zu sagen. »Ich habe heute nur noch nichts gegessen«, schob er hinterher.

»Dann will ich Sie mal in die Kantine einladen. Wir haben streng vegetarische Kost.«

Verlegen sah László zu Boden. Was musste Gropius nur über ihn denken. Dass er so aufgeregt war, dass er nicht gefrühstückt hatte? Oder dass er kein Geld hatte, sich ein Frühstück zu kaufen? Es stimmte. László hatte wenig Geld. Bis jetzt hatte es immer gereicht. Er hatte nie unter einer Brücke schlafen müssen. Aber es gab Tage, an denen er sich von hartem Brot und gekochten Zwiebeln ernährte. Zwiebeln waren gar nicht so übel, wenn man sie kochte. Das hatte er von Marta gelernt, die alles Mögliche aus Zwiebeln gemacht hatte. Süßen Hustensaft, grässlich schmeckende Hustenbonbons, Zwiebeln gegen Warzen, Zwiebelsuppe, Röstzwiebeln, frittierte Zwiebelringe, Zwiebelkuchen und Zwiebelbutter, eine Spezialität aus ihrer Heimat.

Gropius nahm den Telefonhörer ab, wählte eine Nummer und nuschelte etwas in die Muschel. László sah aus dem Fenster und bemühte sich, wegzuhören. »Kannst du den neuen Hausmeister rumführen, Liebchen. Und sorg dafür, dass er etwas zu essen kriegt.« László schämte sich. Er würde sich mächtig ins Zeug legen, um zu beweisen, dass er ein fähiger Hausmeister war. Es schien László wichtig, dies zu beweisen. Vielleicht würde er zu einem späteren Zeitpunkt seine Hilfe in der Kantine anbieten, dann würde er etwas über vegetarische Ernährung und übers Kochen lernen. Es war schließlich nicht verkehrt, wenn man etwas über Essen wusste. Es schien ihm wichtiger als Kunst.

László wusste nichts über Kunst. Er wusste, wie man Fenster putzte und Schrauben festzog. Er konnte schweißen und auch gerade Striche malen. Ja, er hatte schon viele Zäune gestrichen, und was war am Malunterricht denn so besonders? László hatte Bilder von Bauhäuslern gesehen. Er hatte gedacht, an einer Kunstschule würde man Malen lernen, doch was die jungen Frauen und Männer zu Papier brachten, waren nur Striche und Kreise. Ein Hirsch hätte László gefallen, in einem Wald. Aber was wusste er schon. László interessierte sich mehr für die Holzwerkstatt.

Ein Tisch war eine solide Sache. Jeder brauchte einen Tisch. Und Stühle. László mochte die schlichten Entwürfe. Er hatte nie verstanden, warum Stühle von eleganten Leuten voller Schnörkel und Verzierungen sein mussten. Je mehr Schnörkel, desto reicher waren die Leute. László hatte es in Amerika und in Europa gesehen. Auch die Weberei am Bauhaus gefiel László. Sie war, abgesehen vom Geschnatter der Schülerinnen, ein ruhiger Ort. Stoffe und Teppiche waren leise Produkte. Die Metallwerkstatt mied László, das Gehämmere und Gequietsche tat in seinen Ohren weh.

Einmal holte László Hiller mit dem Auto von einer Bauhausfeier ab. All die jungen Leute, die sich zu Musik bogen, in flattrigen Hemden und die Frauen mit kurzen Haaren und so laut. László konnte der Feier nichts abgewinnen und wartete am Eingang auf Hiller. Er und Itten waren ziemlich betrunken und balancierten jeder ein Weinglas auf der Glatze. Eigentlich hatte Hiller gar keine Glatze, er hatte Geheimratsecken. Geheimratsecken waren das große geheime Thema der in die Jahre kommenden Männer, László wusste es vom Barbier, mit dem er jeden Freitagabend Karten spielte. László hatte mit Geheimratsecken nicht viel am Hut. Herren mit Geheimratsecken trugen makellose Mäntel, hatten eine Ehefrau und gebügelte Hemden. Herren mit Geheimratsecken wurzelten nicht im Garten wie László, sie putzten keine Fenster, fegten nicht vor ihrem eigenen Haus, sie spülten nicht Geschirr. László kannte Herren mit Geheimratsecken. Sie lasen Zeitung, tranken manchmal einen über den Durst, schenkten ihren Frauen ein Seidentuch zum Muttertag und ließen von László Blumen kaufen, wenn sie etwas angestellt hatten. László verachtete solche Männer. Und Hiller war so ein Mann.

Hedwig verabschiedete sich mit einem kurzen Nicken und verschwand in die dunkle Nacht. László hatte sie nach Altona gefahren, wo ihr Bruder lebte und als Zimmerer arbeitete. László war todmüde, fuhr aber noch eine Weile und parkte den Wagen dann in einem kleinen Wäldchen neben einem Rübenfeld. Am nächsten Tag würde er weitersehen. Er würde einige hundert Kilometer Umweg fahren müssen, um Hiller glaubhaft zu machen, dass er Hedwig nach Russland gefahren hatte. Hedwig hatte ihm erzählt, dass viele Frauen bei der Abtreibung starben. Das sollte László Hiller erzählen, dass sie tot sei. László hatte Hedwig versprochen, sie nicht zu verraten. Sie wollte das Kind behalten, irgendwie würde sie es schon schaffen, hatte sie mit glänzenden Augen gesagt und László war sich nicht sicher gewesen, ob sie es selbst glaubte oder nicht. Er hielt es für möglich. Viele Frauen waren alleinerziehend, weil sie ihre Ehemänner im Krieg verloren hatten. So richtig Gedanken hatte sich László nie über alleinerziehende Mütter gemacht. Es musste sie wohl geben, aber er kannte keine.

Während László quer durch Deutschland fuhr, um den Kilometerstand nach oben zu bringen, dachte er über sein Leben nach.

Mein Nacken schmerzt und mein Hals knirscht, wenn ich den Kopf bewege. Ich kann nicht mehr.

»Ist in Ordnung, Vögelchen, dann hören wir für heute auf«, sagt Mrs Rothman.

Ich strecke meine Arme und gähne leise. Der Papierstoß neben mir kann sich sehen lassen. Ich bin neugierig, wie es mit László weitergeht. Ich kann verstehen, dass er sich unwohl fühlt in der Gegenwart von akademischen Kunstleuten, die sich als besonders pionierlich verdefinieren. Aber seine Bewunderung bekommen sie nicht, schon gar nicht dieser Hiller, dieser glatzköpfige Pomadenhengst. Mrs Rothman erzählt wie Seifenoper, nur ohne Reklame für Seife. Zu komisch!

Patata und ich sind wieder unterwegs in der Stadt. Wir sind unsichtbar in der warmen Septembernacht, ein umarmter Schatten in den Häuserschluchten. Patata sagt, wir sollten uns ans Licht halten, weil es im Dunkeln gefährlich sei. Ich sehe das anders, denn die Dunkelheit ist auch ein Schutz. Lampen locken Menschen an, und wenn man sich vor etwas fürchten muss, dann vor Menschen, wie man aus der Zeitung weiß. Patata sagt, dass Mörder keine Menschen sind, sondern Monster. Und ich sage, es gibt keine Monster, und also sind es Menschen. Und er sagt, es sind Bestien und ich widerspreche, weil Bestien wilde Tiere sind. Und Mörder sind keine Tiere, sie sind Menschen. Fast möchte ich fauchen und mich streiten und lege mir schon die Worte zurecht, um sie abzufeuern, da drückt mich Patata an eine Hauswand und küsst mich mit Zunge. Ob er spinnt, denke ich, weil wir gerade über Mörder reden, und mache mich los und gucke grimmig. Trotzdem mag ich ihn, auch wenn er sinntrottelig ist und kein Gefühl für den Moment hat. Weil es kalt ist, nehme ich seine Hand. Patatas Hände sind immer warm. Er wirkt überrascht, als ich nach seiner Hand greife, weil ich ihn ja gerade abgewiesen habe. Und er lacht und läuft los, mit mir an der Hand, und schlenkert den freien Arm und wir laufen herum wie zwei lustige Clowns, die aneinandergewachsen sind.

Wir laufen am Fluss entlang, der sinnlich fließt und Glitzer hat von den Lichtern der Stadt. Patata zeigt auf eine Brücke, die gerade gebaut wird, und ich habe die beste Idee meines Lebens. Ich will von der Brücke springen und im Fluss schwimmen! Patata sagt, dass Wasser sei bestimmt sehr kalt und man müsse aufpassen mit der Strömung und die Brücke dürfe man nicht betreten. Immer muss man aufpassen mit allem, und das ist wahr. Aber Schwimmen im Fluss bei Nacht, das werde ich trotzdem. Da hilft auch sein beharrliches Weigern nicht. Und ich ziehe meine Kleidung aus und werfe sie einfach hin, während Patata noch auf mich einredet und mir die Verbotsschilder vorliest, aber seine Einwände plätschern nur in meinen Ohren, denn ich habe mich entschieden. Ich gehe auf die Brücke, die wohl dreiviertels oder halb fertig ist, und gucke runter. Und bin plötzlich jemand ganz anderes, nämlich eine nackte Frau auf einer Brücke, die im nächsten Moment im Fluss baden wird. Und ich springe mit den Füßen zuerst und so fühlt sich Leben an. Ich schreie vor Kälte und fuchtele wie wild, bis ich mich beruhigt habe und die Kühle des weichen Wassers genieße. Ich schwimme zum Ufer, und Patata, der meine Kleider aufgesammelt hat, läuft neben mir auf dem Weg. An einer flachen Stelle klettere ich aus dem Wasser. Patata reicht mir seinen dünnen Baumwollmantel zum Abtrocknen. Ich frage ihn, ob er nicht auch ins Wasser möchte, weil es himmlisch ist und zum Schreien schön, und er sagt Nein.

Als ich mich angezogen habe, laufen wir Hand in Hand weiter. Ich friere. Patata löst seine Hand aus meiner und legt mir den Arm um die Schultern. Ich kuschele mich an ihn und er zieht mich enger an sich. Es ist schwierig, beim Gehen den Kopf auf seine Schulter zu legen. Deshalb bleibe ich stehen und zwinge ihn, mich anzuschauen. »Was ist?«, fragt er. Ich atme seinen Atem ein, als wäre es seine Seele, und küsse ihn nur flüchtig, damit er seine Zunge bei sich behält. Seine Nase ist noch kälter als meine. Ich lache hell auf, nehme wieder seine Hand und renne los mit Gestolper. Wir kommen zu einer Baustelle, die dunkel in der Straße liegt wie ein Tier, das sich versteckt. Der Bauzaun ist wie ein Käfig. Ich weiß nicht, was für ein Tier dahinter ist, aber ich möchte hineingehen. Als wir direkt vor dem Zaun stehen, verpasse ich Patata einen Hieb mit dem Ellenbogen. Er jault auf.

»Los, rein da«, flüstere ich und erwarte, dass er eine Lücke im Zaun findet.

»Du willst in das Gebäude?«, fragt er mit unsicherer Stimme.

»Hab ich doch gesagt, oder? Wir gehen rein.« Wie begriffsstutzig kann man sein. »Ich habe Hunger und möchte mich ausruhen.«

»Es ist stockduster«, sagt er, als hätte uns das jemals abgehalten.

Ich schnaube und werfe ihm einen vernichtenden Blick zu, bis mir einfällt, dass ich ihn gernhabe. Also nehme ich seinen Kopf in beide Hände und küsse ihn. Diesmal aber richtig. Danach öffnet Patata den Bauzaun und wir schlüpfen hinein in das Ungetüm von Hausskelett. Feuchte Betonkühle schlägt uns entgegen. Was soll schon passieren, denke ich. Lieber etwas leichtsinnig als immer ernst und ohne Freude. Zielstrebig gehe ich auf eine Treppe zu. Patata stolpert hinterher.

»Was ist?«, frage ich.

»Ich kann nichts sehen.«

»Nimm meine Hand. Hier ist eine Treppe.«

»Du willst nach oben?« In seine Frage mischt sich ein jammeriger Ton.

»Klar! Ich möchte von oben runtergucken.«

»Von oben runtergucken? Das Haus ragt bis in den Himmel.«

Ich ziehe ihn die Stufen hoch. »Wir gucken, wie weit wir kommen. Ich bin doch deine Wolkenkratzerin.«

»Das ist alles nicht gesichert, wir könnten stürzen«, sagt Patata, aber ich höre an seiner Stimme, dass er schon aufgegeben hat, sich zu wehren.

»Quatsch, ich passe doch auf.«

In einem kahlen Raum im sechzehnten oder siebzehnten Stock machen wir es uns auf einem Stapel Dämmmaterial gemütlich, nachdem wir aus dem glaslosen Fensterloch hinausgeschaut haben. Irgendwo da draußen zittert ein Licht, es könnte die funzelige Fackel der Freiheitsstatue sein. Während ich unser Picknick auspacke, das aus belegten Broten und hartgekochten Eiern besteht, frage ich Patata, ob er schon einmal einen Stromschlag bekommen hat. Er schmiegt sich an mich, steckt sich ein ganzes Ei in den Mund, und sagt kauend Ja. Er versucht, mir zu beschreiben, wie es sich angefühlt hat, aber ich höre nicht richtig zu, weil ich ihn küssen und karessieren will, was liebkosen bedeutet.

Seit Mrs Rothman mir die Geschichte von László erzählt hat, sind sieben Wochen vergangen. Ich warte darauf, dass Mrs Rothman mich wieder mit der Schreibmaschine zu sich bestellt, aber sie macht keine Anstalten. Dabei würde mich ihre Liebesgeschichte interessieren, denn hatte sie nicht gesagt, dass sie László geliebt hat? Aber ich traue mich nicht, sie danach zu fragen, wegen Anstand und guter Kinderstube. Und außerdem, wie kann die Geschichte wahr sein, wenn László nicht altert? Sie ist wohl doch ausgedacht. Ehrlich gesagt langweile ich mich etwas und überlege, mir eine neue Stelle zu suchen. Ich könnte Rosie fragen, ob ich in der Stadtbibliothek Bücher auszeichnen und Zeitungen archivieren kann. Mein Gott, bin ich undankbar! Ich habe ein eigenes Zimmer, wir haben einen Kühlschrank für Limonade, ich lese die Zeitung und Bücher vor, wirft man das etwa aus Langeweile einfach weg? Nein. Also warte ich, was als Nächstes passiert. Die Langeweile sagt mir, denk dir mal was aus. Und ich denke mit allen Wörtern, die ich in meinem Kopf finde. Und ich habe neulich gedacht, dass die Wörter und die Gefühle sehr dicht beisammen wohnen. Denn wenn ich ein Wort sage, macht es etwas mit mir. Deshalb ist es wichtig, die richtigen Wörter zu finden. Wenn ich denke, Gott, ich bin so traurig, dann fühle ich Traurigkeit. Und vielleicht ist es eigentlich etwas anderes, wo das Wort sich hinter Traurigkeit versteckt, weil es schüchtern ist, es selbst zu sein. Und manche Gefühle, die kann man nicht aussprechen, obwohl sie ganz nah bei den Wörtern sind, aber das Trauen ist noch klein. Diese Gefühle schreibt man auf, steckt sie in eine Flasche und verkorkt sie. Ein Wort, das vom Gefühl her wie Kartoffeln ohne Salz schmeckt, ist Fadian. Es ist ein Wort für Patata, was mir leidtut, weil er ja lieb ist, aber lieb reicht eben nicht in der Liebe. Und ohne solche Wörter wie Fadian auszusprechen, wirft man sie in den Fluss, was eine Metapher ist vom Leben. Das denke ich wie eine, die was von Philosophie versteht, was ich mir niemals anmaßen würde, und es lenkt mich ab von Langeweile, die vielleicht gar keine Langeweile ist, sondern eine Einladung, mir Gedanken zu machen. Und ich denke heftig nach über dies und das und lese in meinen Wörterbüchern, die ich gekauft habe als Investition in die Zukunft. Und es gibt mir Energie, was der Antrieb meiner Existenz ist und sich anfühlt wie Bienen überall. Das Gegenteil von Langeweile. Und habe also ein Spanischwörterbuch gekauft und eins für Deutsch, die lese ich von A bis Z und beeindrucke mich selbst damit. Jedes Wort ist ein Juwel und bekommt einen Platz in mir, und wenn ich es brauche, kommt es einfach heraus, ohne dass ich etwas tun muss. Das ist magisches Denken.

Es ist November und Mrs Rothman hat unheimlich viel zu tun und telefoniert fast täglich mit einem, der dingflüchtig ist. Kein Mörder, hat sie gesagt, guter Mann. Er wird der Teufelskunst angeklagt. Mrs Rothman hat gesagt, dass übersinnliche

Kräfte den meisten Menschen Angst machen, weil sie kein Verständnis für die Biegsamkeit der Realität haben. Aber von Naturwissenschaften verstehen auch die wenigsten etwas. Ich weiß nicht, was ich von Magie halten soll. Aber immerhin ist der Mann kein Mörder, sondern ein Meister von Zaubertricks, was mir harmlos erscheint und nach Zirkus klingt. Und einen Trick hat mir Larry aus Zimmer 22 gezeigt, mit transparentem Klebeband, einer Nadel und einem Luftballon.

Wenn Mrs Rothman am Telefon ist, höre ich sie sprechen, aber ich verstehe nichts durch die Tür. Ihr Spanisch klingt weich und rund, nicht so ratatatata. Mrs Rothman hat früher als Gutachterin für das Gericht gearbeitet und wird manchmal noch gebeten, analytisch-chemische Beurteilungen abzugeben. Sie hat gesagt, alles sei Chemie und deshalb lasse sich auch alles chemisch erklären, selbst Gefühle, denn die sind eine Ausschüttung von Botenstoffen. Und das ist doch ein Ding von wissenschaftlicher Wunderlichkeit und bedeutet, dass es also auch eine chemische Formel für Liebe gibt. Sicher ist es eine Gleichung wie in der Mathematik, aber davon verstehe ich nichts, außer dass zwei ein Paar sind. Und in der Gleichung passen Patata und ich nicht zusammen, so muss es sein. Ich kann nicht fassen, dass wirklich alles Chemie sein soll. Denn ist das Lesen von Büchern Chemie, weil Geschichten Gefühle auslösen und also Botenstoffe ausgeschüttet werden? Das scheint mir Hokuspokus und eine Zauberformel zu sein, und das wiederum erinnert mich an den Nichtmördern mit den Zaubertricks. Und alles nur wegen Botenstoffen mit komplizierten Namen. Zu komisch!

Neulich habe ich Mrs Rothman ans Gericht begleitet. Wir sind mit dem Taxi gefahren, mit einem Zwischenstopp bei einer ziegelroten Fabrikhalle, die mir irgendwie bekannt vorkam und wo ich bei einer älteren Frau einen dicken Umschlag abgegeben habe. Ich habe mich ganz groß gefühlt im Taxi neben Mrs Rothman, trotz ihres Haarturms und groß wie ein Mann.

Als wäre ich eine junge Dame, die was von Wichtigkeit und Gewissen hat und zum Gericht fährt. Ein hohes Gebäude mit kleinen Fenstern und glatten Wänden, wo kein Platz ist für Mauerblümchen. Im Gebäude dann habe ich mich winzig gefühlt. Riesige Flügeltreppen, fast wie Theater. Ein Ort für Blut auf Papier durch Worte, die alles durchbohren wie Shakespeare. »Nein, das siehst du falsch«, sagte Mrs Rothman. »Es geht um die Gerechtigkeit. Nur darum.« Ich habe sie zu dem Saal gebracht, wo sie von einem feisten Herrn in Empfang genommen wurde. Er hat mich nicht reingebeten, besser so, will ich meinen. Denn im Gericht wird seziert, und Blut kann ich nicht gut sehen. Stattdessen bin ich spazieren gegangen mit einem Gefühl von berühmter Anwältin, und habe meinen Blick in die Auslagen der Geschäfte gehoben und mir vorgestellt, dass ich Geld in der Tasche hätte und mir Tücher kaufen könnte in allen Farben. Und habe mir vorgestellt, László zu begegnen und er schenkt mir eine Blume, einfach so, und lädt mich ein in ein Filmmusical. Jeder junge Mann, der mir begegnet ist, hätte László sein können, nur dass er eine Figur aus einer Geschichte ist und aus Gründen der Einbildungskraft nicht altert. Als ich Mrs Rothman wieder beim Gericht abholte, sah ich den Triumph in ihrem Gesicht. Sie hatte etwas erreicht und ich spürte eine Welle der Bewunderung für diese Frau, die sich für Gerechtigkeit einsetzt. Vielleicht sollte ich Dolmetscherin werden, denke ich. Und werde traurig, weil ich weiß, dass mein Spanisch und mein Deutsch eher Modeschmuck sind und am Gericht spricht man eine Sprache von echtem Klunker und dabei scharf wie ein frisch geschliffenes Messer. Es tröstet mich, dass ich zumindest die Tottaste an der Schreibmaschine kenne. Und nehme mir vor, meine Sprachkenntnisse noch weiter aufzubessern, damit ich höfliche Konversation betreiben und vielleicht auch damit Geld verdienen kann. Ich fühle mich abgebrüht und ein bisschen schäbig, weil ich Geld haben möchte, um Tücher zu kaufen. Es wäre auch sehr erhebend, eine Richterin zu sein mit einem absinthgrünen Halstuch, und Recht zu sprechen gegen die Gemeinheiten. Die Zeitungen sind voll davon, und ich denke, vielleicht doch nicht Richterin, weil ich schon Thriller von Hitchcock nicht ertragen kann, der immer auf die Angst haut.

Heute ist so ein Tag, ein Fetzen meines Lebens. Einer von denen, die abreißen können. Ich habe tief in mir ein ganz seltsames Gefühl, im Sinne von geheimnisvoll. Als ob ich etwas wissen müsste, was mir nicht einfallen will, in keiner Sprache. Denk nach, sage ich mir und blättere in meinen Wörterbüchern, aber kein Wort passt. In meinem Kopf ist ein Knoten, und je länger ich versuche, einen klaren Gedanken zu fassen, desto enger zieht er sich. Um mich abzulenken, spiele ich im Kopf Schach gegen mich selbst. Immer dieselben Muster. Und dann, nämlich jetzt, schaue ich genau hin, mit Gänsehaut und Zittern, und spiele einen Zug, mit dem ich nicht gerechnet habe. Das hat nichts mit klug zu tun, sondern mit Effekt. Und ich weine und bin erschöpft.

Gestern war ich beim Arzt, weil meine Periode ausgeblieben ist. Vielleicht Zysten, habe ich gedacht. Ich war sehr nervös. Mit Patata, das ist etwas anderes. Der guckt nicht unten. Aber der Arzt, der hat ein schnabelförmiges Werkzeug aus Metall, das Spekulum heißt. Und schiebt es unten rein zum Gucken. Weh getan hat es aber nicht. Und hat mich abgetastet, den Bauch und auch von innen, und nach Zysten gesucht, aber da waren keine. Er sagte, ich könnte in der Apotheke Urin abgeben für den Froschtest. Von dem Stuhl aus sah ich durch einen Spalt in der Gardine auf eine Hausfassade, die in der Sonne orangefarben brannte. Ich selbst lag unter einer Glühbirne, die brannte in meinem Gesicht. Mich fröstelte am ganzen Körper, trotz der Birne. Schwanger? Ich wollte das Wort gar nicht aussprechen, aber ich sagte es trotzdem, um den Schreck loszuwerden, den das Wort in mir verursachte.

Ausgesprochen war es noch schlimmer. Der Arzt knipste beim Rausgehen das Licht aus.

Heute Morgen habe ich meinen Urin in die Apotheke gebracht. Die Apothekerin hat mich nach hinten geführt und ich habe zugesehen, wie sie einem Krallenfroschweibchen meinen Urin gespritzt hat. Wenn das Froschweibchen in den nächsten zwölf Stunden Eier produziert, bin ich schwanger. Wenn nicht, dann nicht. Wer denkt sich denn sowas aus?

HEDWIGS GESCHICHTE

Mrs Rothman sitzt mit geschlossenen Augen in ihrem Sessel, hört Musik und gießt eine Flüssigkeit aus einem braunen Fläschchen in ihren Tee. Ich stehe im Türrahmen und beobachte sie. Zum Glück kann sie mich nicht sehen.

»Vögelchen, setz dich zu mir«, sagt sie mit einem zufriedenen Lächeln. »Ich möchte dir mehr von Hedwig erzählen. Sie war ja in einer ähnlichen Situation.«

In was für einer Situation?, möchte ich fragen, beiße mir jedoch auf die Lippen.

»Es ist nichts Schlimmes dabei. Komm her«, sagt sie.

Ich frage mich, ob sie meine Gedanken lesen kann.

Und sie sagt: »Ja. Als ich erblindet bin, habe ich damit angefangen. Es ist ganz einfach.«

Wie kann das sein, frage ich mich, und ob das überhaupt möglich ist, aber sie grinst nur und streckt ihre fleckigen, dünnen Hände nach mir aus. Wie Äste, denke ich. Mrs Rothman sieht aus wie eine geheimnisumwitterte Waldhexe, Haut wie Borke, ein Vogelnest auf dem Kopf. Ein Schmunzeln erhellt ihr Gesicht. Ich trete dicht an sie heran und erlaube ihr, mein Gesicht abzutasten. Ihre Hände sind warm und viel weicher, als ich gedacht hatte.

»Du bist wie ein Buch für mich, Vögelchen«, sagt sie schließlich und streichelt mir über die Haare.

Für mich selbst bin ich wie ein leeres Notizheft. Trotzdem bin ich irgendwie erleichtert, dass ich wie ein Buch bin. Mrs Rothman schlägt die Augen auf. Ihr Blick ruht auf mir und zieht Fäden, als wollte sie alles miteinander verknüpfen.

»Bist du bereit für Hedwig und Irmelin?«, fragt sie schließlich.

Ich schlucke. Hedwig, die Frau, die ihr Kind wegmachen lassen sollte. Ich spanne ein Blatt Papier ein und atme tief durch.

Am 21. April 1921 gebar Hedwig in einem dunklen Zimmer auf dem Fußboden eine Tochter, die sie nach ihrer Großmutter Irmelin nannte. Irmelin war winzig und sah aus wie eine schrumpelige Pflaume mit schwarzen Haaren.

»Na, Gott sei Dank hast du keine Glatze wie dein Vater«, lachte Hedwig erschöpft und ließ sich von ihrem Bruder Theodor das Kind auf den Bauch legen. Theodor hatte im Krieg in einem Lazarett gearbeitet und hatte keine Scheu vor Blut. Als Hedwig vor Monaten mitten in der Nacht mitten in Polen die Entscheidung getroffen hatte, das Kind zu bekommen, hatte alles ganz einfach auf sie gewirkt. Sie würde nach Hamburg fahren, zu ihrem Bruder, und das Kind kriegen. Doch so einfach war es nicht gewesen. Theodor war nicht gerade begeistert gewesen, als Hedwig ohne Gepäck bei ihm auftauchte. Natürlich nahm er sie bei sich auf, zunächst heimlich, denn er musste erst mit seinem Vermieter sprechen. Er stellte Hedwig als seine frisch angetraute Frau vor, und sie hatten ja auch denselben Nachnamen, sodass der Vermieter keinen Verdacht schöpfte. Er erhöhte die Miete, wofür Theodor ihn verfluchte, denn als Zimmerer verdiente er nur ein paar Mark am Tag. Das Geld, das Hedwig von Hiller für die Abtreibung bekommen hatte, war mehr als Theodor in einem Jahr verdiente.

»Theo, wenn wir unser Geld zusammenlegen, könnten wir zusammen nach Amerika«, sagte Hedwig eines Tages.

»Fängst du schon wieder damit an?«, seufzte Theo, der seine unfreiwillige Vaterrolle nicht mit Freuden angenommen hatte. »Ehrlich gesagt wäre es mir lieber, wenn du mir das Geld für meine Fahrkarte einfach gibst und ich hierbleibe.«

Hedwig war überrascht und traurig. So kam es, dass sie ihren Bruder auszahlte und eine Fahrkarte für die Überfahrt von Hamburg nach New York kaufte.

Die Stadt, und mit ihr die verheißungsvolle Freiheitsstatue, war in Nebel gehüllt. Hedwig stand mit ihrem kleinen Gepäck auf dem Deck und sah der Skyline von New York entgegen. Das also war Amerika. Ein lausig kalter Ort, von Nebel verhangen. Hedwig zog ihren Mantel enger, um sich und ihre Tochter zu wärmen, die sie in einem Tuch trug. Sie hatte während der Überfahrt viel über ihren Bruder nachgedacht, den der Krieg eingesammelt und zerkaut hatte. Vielleicht war es besser so, dass sie sich getrennt hatten, sagte sie sich.

Die ersten Wochen waren hart für Hedwig, doch ihr Schulenglisch und ihr Schmuck, den sie versetzte, öffneten ihr ein paar Türen. Sie fand Anschluss im Ladies Chess Club, zog in eine Witwenwohnung der katholischen Gemeinde, und versuchte mit ihrem bürgerlichen Charme, sich ein Leben aufzubauen. Doch als sie sich die Mitgliedschaft im Schachclub nicht mehr leisten konnte und herauskam, dass sie gar keine Witwe war und das Kind unehelich geboren, schlossen sich die Türen wieder und die junge Mutter musste der Realität in die Augen blicken. Hedwig fand Arbeit im Hafen, dort in dem schmalen, geschäftigen Streifen am Wasser, wo das geschäftige Treiben war. Sie verkaufte Austern und Fische, verkühlte sich und wurde entlassen. Danach versuchte sie es in einer Kneipe, wo sie Bier zapfte und sich am liebsten unsichtbar gemacht hätte. Die Docks waren ein hartes Pflaster. Hedwig schlief mit Irmelin in einem winzigen Zimmer in einem Bordell, und wenn sie Pech hatten, mussten sie mitten in der Nacht aufstehen, um das Bett freizumachen. Die Bordellbesitzerin bot ihr einen Job an, doch Hedwig lehnte ab. Irmelin war mittlerweile zwei Jahre alt.

Es waren die 1920er Jahre und Hedwig fühlte sich furchtbar. Sie hatte keine feste Arbeit, keinen festen Platz zum Schlafen, ihre Zähne wackelten und ihr gingen die Haare aus. Da lenkte eines Tages das Schicksal ihre Schritte nach Manhattan in den Meatpacking District. Es musste doch einen Job für sie geben, mit dem sie sich über Wasser halten konnte. Und so wurde sie in einem Schlachtbetrieb vorstellig. Doch eine alleinerziehende Mutter, die nichts auf den Rippen hatte, wie sollte die in einer Schlachterei arbeiten? Frust und Hunger ließen Hedwig auf der Treppe des Schlachtbetriebes zusammensacken. Irmelin turnte am Geländer herum und wartete wie so oft auf ihre Mutter. Da kam eine runde Frau und sprach Hedwig an. Es war Maria Elena, die eine zugige Wohnung über dem Schlachtbetrieb bewohnte, wo sie putzte, um kostenlos wohnen zu können.

»Kommt mit auf eine Fleischsuppe, ich wohne gleich hier«, sagte Maria Elena zu Hedwig.

Als wäre es das Normalste der Welt, stand Hedwig auf, glättete ihren fadenscheinigen Rock, griff nach Irmelins Hand und folgte Maria Elena.

»Du bist ganz blass. Möchtest du Wurst? Ich habe

ganz viel, kann das gar nicht alles aufessen.« Maria Elena stieg die Stufen zu ihrer Wohnung hoch, stieß die Tür mit dem Fuß auf und fluchte auf Spanisch. Dann lachte sie. »Kommt rein, ich mache uns die Suppe warm.«

Die Suppe war ein Topf heißes Wasser mit einem Schweinefuß. Irmelin quiekte vor Vergnügen, als sie die Würste auf dem Tisch liegen sah.

»Dein Kind weiß, was gut ist«, lachte Maria Elena. Und zu Irmelin gewandt sagte sie: »Nimm dir, was du magst.«

Irmelin kletterte auf einen der zwei Stühle und griff nach den Würsten. Hedwig stand etwas ratlos in dem Zimmer, das gleichzeitig Küche, Wohnzimmer und Schlafzimmer war. Maria Elena rührte den Schweinefuß im Kreis herum.

»Setz dich zu deiner Tochter. Ich bin übrigens Maria Elena. Sag einfach Mari. Oder wie du willst.«

Hedwig nahm Platz, ihre Füße schmerzten.

»Ich heiße Hedwig, die meisten nennen mich Hedi. Und das ist Irmelin«, sagte sie und lächelte müde.

»Irmelin? Was für ein schöner Name.«

»Ich wollte sie Thea nennen, nach meinem Bruder Theodor, aber er wollte das nicht.«

»Ist er auch in Nueva York?«, fragte Maria Elena und gab ein paar Kräuter in den Topf.

»Er ist in Hamburg geblieben, Deutschland.«

Maria Elena trug den Topf mit bloßen Händen zum Tisch und holte drei Teller, Löffel und eine Suppenkelle. Dann zog sie eine Kiste an den Tisch und setzte sich.

»Wer hat Hunger?«, fragte sie, ohne weiter auf

Theodor einzugehen, und fing an, Suppe aufzufüllen. »Schöne Fettaugen, so muss Suppe sein.«

Hedwig führte ihren Löffel zum Mund und blies vorsichtig. Maria Elena beobachtete sie und zog aufmunternd die Augenbrauen hoch.

»Du suchst eine Arbeit?«, fragte sie schließlich, nachdem sie ihre Suppe gegessen hatten.

»Ja, ich kann mir nicht mal ein eigenes Bett leisten«, antwortete Hedwig.

»Was kannst du?«, fragte Maria Elena.

»Schach spielen«, war das Erste, was Hedwig einfiel.

»Die Dame schlägt den König«, sagte Maria Elena und lachte herzhaft.

»So ähnlich.« Ein breites Lächeln stahl sich in Hedwigs Gesicht. Sie war eine exzellente Schachspielerin.

»Hat deine Mutter es dir beigebracht, oder dein Vater?«, wollte Maria Elena wissen.

Hedwig schüttelte den Kopf. »Ein Soldat. Phillip. Er ist am Fieber gestorben.«

»Ich habe es von meiner Mutter gelernt«, sagte Maria Elena. »Sie war sehr streng. Ich spiele besser als meine Brüder.« Zwei kleine Grübchen verrieten ihren Stolz. »Hast du Lust auf eine Partie?« Ihre Augen blitzten auf.

Hedwig war recht müde, und Irmelin turnte auf ihrem Stuhl herum.

»Komm, ich bau schnell auf«, sagte Maria Elena entschlossen und räumte den Tisch ab. »Du spielst Weiß.«

Irmelin guckte neugierig zu, wie Maria Elena das Brett aufbaute.

»Das ist die Dame. Sie gewinnt immer«, erklärte

Maria Elena dem Mädchen fröhlich.

»Ich habe ewig nicht gespielt«, sagte Hedwig entschuldigend und eröffnete das Spiel.

»Na und? Es ist nur ein Spiel. Es darf Spaß machen, nicht wahr?«, antwortete Maria Elena sanft.

Es zeigte sich bald, dass sie zwei ebenbürtige Spielerinnen waren. Maria Elena spielte energisch und mit Risikobereitschaft. Hedwig schätzte sie am Anfang falsch ein, denn trotz ihrer Risikofreude hatte Maria Elena das Spiel über mehrere Züge im Blick. Hedwig spielte langsam und setzte die Figuren mit Bedacht. Sie war eine grüblerische Spielerin. Maria Elena dagegen rief laut »Ha!«, wenn sie einen Zug machte. Bei Hedwig war nicht einmal das Absetzen der Figuren zu hören.

»Du spielst gut!«, sagte Maria Elena, als sie sich in einer Patt-Situation befanden.

»Danke, du aber auch.« Hedwig hatte nicht das Gefühl, dass sie gewinnen musste. Es war kein Kampf zwischen ihnen.

»Du brauchst also einen Job, ja?«, holte Maria Elena Hedwig wieder in die Gegenwart zurück.

Hedwig sah zu ihrer Tochter hinüber, die auf dem Boden auf einer Decke eingeschlafen war. »Ich kann ihr nichts bieten. Wir haben nicht mal genug zu essen.«

Maria Elena nickte wissend.

»Ich kenne eine Frau, die jungen Mädchen eine Chance gibt. Ist nicht weit von hier.«

Hedwig wurde übel. Ein saurer Geschmack machte sich in ihrem Mund breit.

»Das ist eine Schule«, schob Maria Elena hinterher.

»Eine Schule für was?«, fragte Hedwig.

»Naja, es ist keine richtige Schule. Aber man kann allerhand lernen.«

Hedwig sah sich bereits in einem dünnen Negligé und Bücher auf dem Kopf balancierend herumstolzieren.

»Für das Leben. Es ist eine Art Schule fürs Leben für mutige Frauen, so wie du. Mit Kindern und keinem Mann.«

Hedwig sah sie verständnislos an.

»Man lernt dort auch Selbstverteidigung. Wie man sich wehrt«, ergänzte Maria Elena und machte eine Kickbewegung. »Ich bin dort gewesen. Es ist kostenlos, aber man muss sich einbringen mit dem, was man kann.«

Hedwig wollte lachen. Von was sollten sie und Irmelin denn leben, wenn sie diese Schule fürs Leben absolvierte? Und wo sollten sie wohnen?

»Du spielst gut Schach«, sagte Maria Elena und lächelte breit. »Ich weiß, dass du eine gute Seele bist. Wenn dir Fleisch nichts ausmacht, könnt ihr bei mir essen. Ich kann so viel mitnehmen, wie ich möchte. Ist ein bisschen langweilig, immer Fleisch Fleisch Fleisch, aber besser als nichts.«

Hedwig schluckte. Sie sagte stimmlos Danke.

»Und wegen dem Wohnen, da sprich mit Dolores. Sie leitet die Schule. Du bist nicht die erste und sicher nicht die einzige Frau, die Probleme hat.«

»Ich weiß das sehr zu schätzen«, sagte Hedwig und war den Tränen nahe.

Maria Elena rollte ihr eine schrumpelige Orange über den Tisch zu. Dankbarkeit durchströmte Hedwig.

Die Schule fürs Leben für mutige Frauen entpuppte sich als eine Unterkunft für Frauen, die aus unterschiedlichen Gründen vor dem Nichts standen. Finanziert wurde sie durch Spendengelder. Das meiste Geld stammte aus anonymen Quellen, doch manche Geldgeber kamen persönlich vorbei. Darunter waren die Frau des Bürgermeisters, ein bekannter Schauspieler, der mit seiner Mutter einige Jahre hier gelebt hatte, sowie eine Chemikerin, die gelegentlich vorbeikam und neben einem Bündel Geld auch Zeit mitbrachte, um die Frauen in die Grundlagen der Naturwissenschaften einzuführen.

Dolores, die Leiterin der Schule fürs Leben, begrüßte Hedwig freundlich und bot ihr und Irmelin ein Getränk an. Hedwig hatte ihr bestes Kleid angezogen und war sichtlich nervös. Doch Dolores strahlte eine mütterlich-freundliche Autorität aus, die Hedwig die Angst nahm.

Nach einem kurzen Aufnahmegespräch zog Dolores einen Vertrag aus der Schublade und legte ihn Hedwig vor. Wenn sie einziehen wollte, musste sie sich verpflichten, sich in die Gemeinschaft einzubringen.

»Wir möchten, dass jede Frau das gibt, was sie zu geben hat. Maria Elena hat erzählt, dass Sie hervorragend Schach spielen. Sie könnten eine Schachstunde anbieten und die anderen Frauen in Schach unterrichten.«

»Gern. Ich kann auch Deutsch anbieten und ich spiele Klavier.«

Dolores lachte. »Die Sprachen sind alle schon abgedeckt. Hier kann man acht Sprachen lernen, wie an einer richtigen Sprachenschule. Ein Klavier haben wir leider nicht in unserem Besitz. Was können Sie noch?«

Hedwig ging im Geiste durch, was sie am Bauhaus gemacht hatte. Sie webte ganz passabel. Auch zeichnete sie recht gut. Aber ob es genug Papier gab?

»Nähen Sie?«, fragte Dolores.

»Ja, ein bisschen«, antwortete Hedwig.

»Na, dann werden wir schon eine Beschäftigung für Sie finden.«

Dolores zeigte ihr die Räumlichkeiten. In der Haupthalle waren mehrere Nähmaschinen aufgebaut, an denen Frauen saßen und plappernd arbeiteten. Dolores führte Hedwig und Irmelin in den zweiten Stock.

»Hier könnt ihr schlafen«, sagte sie und zeigte in ein Vierbettzimmer. »Es ist nicht gerade herrschaftlich, aber besser als nichts.« Sie lächelte Hedwig an. »Um sechs Uhr treffen sich alle in der großen Halle.«

Hedwig setzte sich auf eine der kahlen Matratzen und schaute Irmelin zu, die umständlich auf einen Stuhl kletterte, um aus dem hohen Sprossenfenster zu schauen.

Um kurz vor sechs fuhr Hedwig sich und ihrer Tochter mit den Fingern durch die strähnigen Haare, zuppelte ihr Kleid zurecht und steckte mit einer Nadel eine Schleife an Irmelins mit Fettflecken beschmutzte Jäckchen. Die Schleife hatte sie aus einem Stück Stoff gelegt, das sie hinter der Tür gefunden hatte. »Na komm, du Wirbelwind«, sagte sie, straffte die Schultern und ging hinunter in die Halle. Irmelin sprang an Hedwigs Hand die Treppe hinunter. »Wir wollen schön artig sein, ja?«, ermahnte Hedwig sie und schob die schwere Tür auf. Die Nähmaschinentische waren an die Seite geschoben worden und in der Mitte des Raumes war eine große Tafel aufgebaut. Es roch nach Suppe. Hedwig staunte. Irmelin riss sich von ihrer Mutter los und lief zu Maria Elena, die in einem großen Topf rührte. »Hola, niñita«, rief Maria Elena, legte die Kelle beiseite und wischte sich die Hände an der Schürze ab. Sie hob Irmelin hoch und ließ sie in den Kochtopf gucken. Hedwig überkam eine Schüchternheit. Verlegen lächelte sie den Frauen zu, die sie aufmunternd zu sich winkten. Dolores kam die Treppe herunter, hakte sich bei Hedwig ein und führte sie zum Tisch. »Na, kommen Sie, wir beißen nicht.«

Vor Maria Elena hatte sich eine Schlange gebildet.

»Was gibt's heute wieder, lass mich raten, Mary!«, rief eine Blonde und bleckte die Zähne. »Suppe?«

Die Frauen kicherten. Die Blonde verdrehte die Augen und hielt Maria Elena den tiefen Teller hin.

»Was hast du gegen Suppe?«, fragte Maria Elena und füllte eine Kelle auf.

»Gar nichts habe ich gegen Suppe«, sagte die Blonde und grinste. »In Galway haben wir immer Suppe gegessen. Und wenn's nichts gab, haben wir Wasser heißgemacht und einen Stein reingelegt. Steinsuppe. Bei dir schwimmt ja wenigstens ein Fuß drin«, sagte die Blonde anerkennend.

»Heute sogar ein paar Kartoffeln und Kräuter. Hoffentlich vergifte ich euch nicht«, sagte Maria Elena fröhlich.

»Ach komm, wenn du uns vergiftest, wer soll dann deine ganze Suppe essen? Du brauchst uns doch!«, sagte eine kleine Brünette.

Als alle am Tisch saßen und einen Teller vor sich stehen hatten, ergriff Dolores das Wort.

»Meine Damen! Wir haben Zuwachs bekommen. Bitte begrüßen Sie Hedwig aus Deutschland.«

»Hallo Hedwig aus Deutschland«, sagte die Blonde.

Hedwig nickte zögerlich.

»Hedwig ist seit zwei Jahren mit ihrer Tochter in New York. In Deutschland ist es nämlich nicht so dolle mit den Vätern.«

Hedwig lief rot an, doch Dolores ließ sich nicht beirren.

»Wie dem auch sei, Hedwig und die kleine Irmelin werden eine Weile bei uns bleiben. Wenn eine der Damen in Schach unterwiesen werden möchte, dann sprecht sie bitte an.«

Es folgte eine Vorstellungsrunde. Hedwig war froh, dass sie sich ein paar Namen merken konnte. Außer ihr waren noch zwei weitere Deutsche hier. Die anderen Frauen kamen aus Irland, Italien, Griechenland und Russland. Die meisten waren redselig und erzählten frei heraus, warum sie hier waren. Gewalt in der Ehe. Alleinerziehende Mutter. Wohnungslos. Wohnungslos und ohne Arbeit hörte Hedwig an diesem Abend häufig.

Das Interesse an Schach war größer als Hedwig vermutet hatte. Nach dem Abendessen scharten sich sieben Frauen um sie. Hedwigs Englisch war mittlerweile recht passabel, und so erklärte sie den Frauen die Regeln. Wenn ihr ein Wort nicht einfiel, sagte sie einfach das deutsche Wort. Es war ein Wirrwarr, aber die Frauen verstanden einander.

»Wer möchte es versuchen?«, fragte Hedwig schließlich und sah sich im Kreis um.

»Ich würde gern«, sagte eine junge Frau. Sie war Hedwig bereits beim Essen aufgefallen, denn sie war auffallend still und zurückhaltend gewesen, fast so, als würde sie am liebsten unsichtbar sein.

»Fein, setz dich hin. Wie heißt du?«, fragte Hedwig und lächelte sie aufmunternd an.

»Amanda.«

»Hallo Amanda«, sagte Hedwig mit aller Herzlichkeit. »Nenn mich ruhig Hedi. Ihr alle könnt mich Hedi nennen.«

Die Frauen murmelten ihre Spitznamen durcheinander. Dann wurde es still. Alle konzentrierten sich auf das Spiel.

Mit Hedwigs Hilfe machte Amanda ein paar kluge Züge und sammelte ein paar schwarze Figuren ein. Hedwig erklärte jeden Zug und tastete sich langsam vor. Sie wollte vermeiden, dass Amanda ein frustrierendes Erlebnis hatte. Amanda kaute auf ihrer Unterlippe herum. Nach zwanzig Zügen ließ Hedwig Amanda gewinnen. Amanda war so verblüfft, dass sie in die Hände klatschte und begeistert aufsprang.

Nach dem ersten Spiel wollte jede gegen Hedwig spielen, und so saß sie an ihrem ersten Abend drei Stunden am Schachbrett, während ein paar Frauen mit Irmelin spielten. Als Dolores die Kerzen löschte, gingen alle nach oben. Hedwig fiel müde auf ihre Matratze, die wie durch ein

Wunder mit einem frischen Laken bezogen war. Eine Wolldecke und zwei Kissen, ein kleines und ein großes, lagen ebenfalls bereit. Irmelin kuschelte sich an ihre Mutter, die ein Schlaflied summte, und schlief sofort ein.

Hedwig half mit, wo sie nur konnte. Sie verbrachte Stunden in der großen Halle, wo sie zunächst einfache Dinge wie Gardinen und Röcke nähte. Irmelin spielte unterdessen mit unsichtbaren Freunden, erkundete das Gelände und wartete auf Maria Elena, die mittags und abends vorbeikam, um die Frauen mit Essen zu versorgen. Tatsächlich gab es jeden Tag die legendäre Suppe, doch das machte Hedwig und Irmelin nichts aus. Im Gegenteil. Ein Tag ohne Suppe wäre kein richtiger Tag in der Schule des Lebens. Hedwig freundete sich mit einigen Frauen an und Irmelin war immer gut versorgt. Die Frauen hatten ihre Freude an dem quirligen Kind, das dreisprachig aufwuchs und sich mit Begeisterung ins Leben stürzte. Immer mittwochs nach dem Abendessen gab es Kampftraining mit Renata, einer drahtigen Russin. Irmelin liebte es, von Renata durch die Luft gewirbelt zu werden. Hedwig hatte verschiedene Geschichten gehört, warum Renata so gut kämpfen konnte. Mariona behauptete, dass Renata eine professionelle Boxerin war. Amanda hatte erzählt, dass Renatas Mann sie geschlagen hatte und sie das Kämpfen aus ihrer Wut heraus gelernt hatte. Und Maria Elena sagte, Renata wäre in ihrem früheren Leben ein Rausschmeißer gewesen. Hedwig war sich nicht sicher, ob sie Maria Elena richtig verstand.

»Renata hat Leute rausgeschmissen. Aus Pubs. Als sie noch ein Mann war.«

»Renata war ein Mann?«, staunte Hedwig. Renata hatte von allen Frauen die glänzendsten Haare und die strahlendste Haut. Hedwig, die für Creme kein Geld hatte, hatte mit Neid und Bewunderung beobachtet, dass Renata sich jeden Abend am ganzen Körper eincremte. Sie bot auch den anderen Frauen von ihrer Creme an. Hedwig nahm immer nur einen winzigen Klecks für ihr Gesicht.

»Viele Frauen haben eine starke Geschichte. Man könnte über jede einen Roman schreiben, mit Sicherheit!« Maria Elena lachte auf. Ihre eigene Vergangenheit war auch nicht ohne. Sie war in Mexiko geboren und hatte ihre Kindheit in einem kleinen Dorf verbracht, in dem es laut ihr noch Dorfhexen gab. Ihre Mutter war angeblich eine bruja. Das war ganz normal für Maria Elena. Normal war auch, dass junge Mädchen an ältere Männer verkauft wurden. Maria Elena wollte das nicht akzeptieren. Sie wollte eine bruja werden, denn die brauchten nicht zu heiraten. Ihre Mutter hatte auch keinen Mann. Maria Elena versuchte sich in allen möglichen Zaubereien, aber sie war nicht gut genug. Kein Zauber, den sie aussprach, trat ein. Ihre jüngere Halbschwester versuchte ihr zu erklären, dass sie zum Hexen vielleicht nicht geeignet wäre. Aber für Maria Elena war es die einzige Möglichkeit, eine Ehe zu vermeiden. Eines Tages kam ein Herr aus Mexiko-Stadt in ihr Dorf, um sich eine Braut zu nehmen. Die Mutter strich Maria Elena eine Paste aus Butter und Pfeffer auf die Lippen, damit sie schön anschwollen und glänzten, und kniff ihr in die Busen, damit sich die Brustwarzen aufstellten. Dann schickte sie ihr Kind auf den großen Platz, wo sich die Mädchen versammelt hatten. Der Herr aus Mexiko-Stadt war fein. Er trug eine weiße Hose und ein blaues Hemd, doch Maria Elena fand es grausam, dass er einfach so herkommen und sich eine Braut aussuchen konnte. Sie richtete den Blick auf ihre Nase und schielte so lange, bis er an ihr vorbeigegangen war. Dieses Mal war sie noch drumherum gekommen. Maria Elena wusste, dass irgendwann einer den Finger auf sie richten und sie auswählen würde. Um ihrem Schicksal zu entgehen, schlich sie sich eines Nachts fort. Maria Elena hatte mehr Glück als Verstand auf ihrer Flucht und klopfte nach einem fünfstündigen Marsch an die Tür der dicken Roberta, die in einer kleinen Hütte wohnte. Roberta gab dem Mädchen Wasser, kochte frijoles und versorgte die Schnittwunde, die sich Maria Elena am rechten Fuß zugezogen hatte. »Ay, hijita«, sagte Roberta immer nur. »Ay, hijita.« Sie fragte nicht, woher sie kam und wohin sie ging. Im Hof liefen Hühner herum und in Robertas Hütte lag ein zotteliger Hund, der sich trollte, als Maria Elena sich zum Schlafen auf eine Bastmatte legte.

»Ich bin dann ein paar Monate bei Roberta geblieben. Sie hat mir das Kochen beigebracht«, erzählte Maria Elena.

»Lass mich raten, sie hat häufig Suppe gekocht?« Hedwigs Nase kräuselte sich vor Vergnügen.

»Man muss mit dem auskommen, was man hat«, sagte Maria Elena ernst. »Wir haben häufig Eier gegessen. Und natürlich Reis mit frijoles.« Sie suchte Hedwigs Blick, suchte nach Ernsthaftigkeit, um ein Geheimnis zu teilen. Hedwig hielt ihrem Blick stand. »Suppe, das ist eine Lebensweisheit. Man soll im Leben nicht die Erbsen zählen, sondern immer schön die Suppe rühren.«

»Und wie bist du nach New York gekommen?«, wollte Hedwig wissen.

Maria Elena blies die Backen auf. »Eines Tages kam ein Herr in einer weißen Hose. Aber nicht so wie die Männer in meinem Dorf. Der Mann kam aus Texas, und er kam, weil ich einen Fluch brechen sollte. Denn er war verhext. Das sah man ja gleich. Er hatte einen enormen Bauch unter seiner Weste. Als hätte er drei Kinder gefressen.«

Hedwig schüttelte sich vor Vergnügen.

»Er kam zu uns, weil eine Mexikanerin, die auf seinem Land lebte und für ihn arbeitete, gesagt hatte, dass er in ihr Dorf gehen und die bruja suchen müsste, die mit ihren Hühnern und einem alten zotteligen Hund zusammenlebte. Dass er mich für eine bruja hielt, war in der Tat das Lustigste, was ich je gehört hatte. Er flehte mich an und gab Roberta eine Menge dólares, damit ich ihn begleitete. Ich war abenteuerlustig und hatte kein bisschen Angst, also stieg ich auf sein Pferd und wir ritten über die Grenze, als hätten wir Geister im Nacken.« Maria Elena lachte bei der Erinnerung. »Er hat mich in sein Haus gebracht und mir zu essen gegeben. Ich bekam ein eigenes Zimmer und einen Schrank voll Kleider. Er sprach ja Englisch und ich habe kein Wort verstanden, aber die weichen Kissen, die habe ich gut verstanden. Ich habe zwei Tage und zwei

Nächte durchgeschlafen. Und dann habe ich den Fluch gebrochen.«

Hedwig zog gespannt die Augenbrauen hoch.

»Es war nämlich so. Er war sehr dick und hatte Schmerzen, weil er eine schlechte Ernährung hatte. Das konnte jedes Kind sehen. Ich ging also in seine Küche und kochte ihm ein Ei.«

»Warum ein Ei?«, fragte Hedwig fasziniert.

»Weil Eier herumlagen. Ich kochte also ein Ei und brachte es in den Salon, wo er saß. Er hatte so ein glänzendes Gesicht und die Haare, die waren eigentlich ganz hübsch. Er war nicht hässlich. Ich habe also Salz auf das Ei gestreut, habe es ihm gegeben und zehnmal huevo con sal gesagt, Ei mit Salz.« Maria Elena lachte aus vollem Herzen. »Er hat mich mit großen Augen angeschaut und das Ei gegessen. Und schwups, ging es ihm schon viel besser.«

»Du hast ihn auf eine Eierdiät gesetzt?«

»Sí, mamita.«

»Und hat es geholfen?«

»Ich weiß es nicht. Ich bin nicht lange dortgeblieben, denn er war so dankbar, dass er mich heiraten wollte. Ich habe ihm zu verstehen gegeben, dass brujas niemals heiraten und er hat mich gehen lassen. Bueno, so bin ich irgendwann nach Nueva York gekommen. Meine Mutter hat immer von dieser Stadt erzählt, als hätte sie hier viele Jahre gelebt. No lo sé.« Sie zuckte mit den Schultern und wischte sich mit dem Ärmel die Nase. »Wenn ich wirklich eine bruja wäre, hätte ich wohl keinen Schnupfen, oder?«

Hedwig lachte.

»Aber ein bisschen zaubern kann ich natürlich. Es ist ganz einfach. Man muss nur in die Leute reinfühlen und auf sie reagieren. Das ist dann Zauberei.« Sie warf Hedwig einen warmen Blick zu.

IRMELINS GESCHICHTE

Das E klemmt. Seit Tagen klemmt es, und das ist ein Problem, denn Mrs Rothman hat angekündigt, dass wir morgen an dem Manuskript weiterarbeiten. Ich bin mir ziemlich sicher, dass dieser verdammte Buchstabe nichts mit Chemie zu tun hat, sondern mit Klemmen. Ich habe die Schreibmaschine mit Alkohol abgerieben, was mir Schlechtigkeit vom Geruch her machte, habe mit einem Blasepinsel in die Zwischenräume der Tasten gepustet, habe sogar alle beweglichen Teile abmontiert, gereinigt und wieder zusammengesetzt wie ein Monteur, der weiß, wie es geht. Trotzdem klemmt das E. Mrs Rothman hat gesagt, ich solle die Schreibmaschine zur Reparatur bringen. Dabei ist es doch nur ein einziger Buchstabe. Patata könnte es sicher mit Leichtigkeit richten, jede Wette.

Ich habe ihm noch nichts gesagt von dem Baby. Solange er es nicht weiß, ist er von seinem Wissen her kein Vater, nur von meinem. Und das ist komisch, im Sinne von bizarr. Ich hacke auf dem E herum. Wütend auf mich selbst, weil ich es nicht schaffe, stelle ich die Schreibmaschine auf den Nachttisch. Immerhin ist sie jetzt sauber, sie hatte schon Staub angesetzt.

Der Staub erinnert mich an warme Stunden, und das ist eine Erinnerung! Das Licht ist gedämpft, wie durch eine Plane. Ich liege im Staub und döse. Es ist ein gemütliches Gefühl von Zeitreise in die Vergangenheit. Und das ist mein Gedächtnis, das mir ein Bild liefert von Staub und Wärme. Meine Wut über das E ist wie weggeblasen.

Zum Abendessen gab es heute Zwiebelkuchen, er war sehr lecker und ich habe zu viel gegessen. Gegen das Völlegefühl habe ich heimlich einen Schnaps aus dem Kühlschrank getrunken. Und jetzt liege ich im Bett mit einem aufgeblähten, schmerzenden Bauch und meine Nerven fahren Karussell.

Mir ist so übel, dass ich auf der Stelle sterben möchte. Alles dreht sich und mir ist erst gelb, dann grün und dann schwarz vor Augen. Das Bett fängt mich auf, wenn ich gleich sterbe. Mein Herz galoppiert und ich schwitze aus allen Poren. Ich möchte aus dem Fenster schweben in die kalte Luft. Wer sagt es dann Patata mit dem Kind?

Ein paar Minuten später geht es mir schon viel besser. Die Luft ist entwichen, die Übelkeit ist verschwunden, mein Herz hat sich beruhigt und ich weine vor Erschöpfung und ein bisschen auch vor Glück, weil ich nicht an Zwiebelkuchen gestorben bin.

Ich spüre mein Kind. Es schwimmt in mir wie ein Fisch. Meine Hand liegt auf meinem flachen Bauch. Als mein Blick über die Flamingos wandert, kommt das Schwindelgefühl wieder. Schnell schließe ich die Augen und konzentriere mich auf meinen Atem und auf die Tritte von meinem Fischkind. Fische haben keine Füße. Ich kann nichts dagegen tun, meine Mundwinkel biegen sich nach oben. »Hallo, Hope«, flüstere ich und weiß, dass mein Kind mich hört. Hinter der Wand raschelt eine Maus.

Mein Körper verwandelt sich. Ich denke darüber nach, dass sich mit jedem Wimpernschlag alles erneuert. Was bleibt, ist mein Wesen. Und das begeistert mich, weil ich mich wie ein Geist fühle, der durch Wände geht, aber ich, ich gehe durch meine Gedanken, die haben nicht mal einen Zaun. Und alles ist neu, was man denkt, immer wieder. Und es setzt sich zusammen aus allem, was im Kopf rumgeistert. Und ich stelle mir vor, wie alles rumfliegt in meinem Kopf, Bauern, Türme, Damen, und ich lache, obwohl es mir eben noch so elend ging. Das ist eine Befreiung. Ich lache einfach aus mir heraus mit Tränen, bis mir der Bauch weh tut, aber jetzt vom Lachen. Was ein Mensch ohne Lachen ist, das will ich nicht begreifen. Das sind Bartziegen, die streitsüchtig sind und ganz ohne Lust am Körper. Weil Lachen macht alles frei und locker wie Tanzen mit Larry aus Zimmer 22. Und das, das ist auch eine Erinnerung. Und sie spendet Mut wie ein Brunnen, der voll Leben ist.

Am nächsten Tag funktioniert das E wieder, als wäre nichts gewesen. Als wollte es mich vergackeiern oder mich davor bewahren, Patata anzurufen. Mrs Rothman erwartet mich mit Tee im Salon.

»Wenn du deine Bluse nähen möchtest, nimm gern das Nähkästchen mit nach oben«, sagt sie und nickt mir freundlich zu. Ihre Augen glitzern und ihre Haare sehen aus wie frisch gefärbt.

Verlegen ziehe ich den Rock höher, um die kaputte Naht zu verdecken. »Danke«, murmele ich und setze mich an den Tisch.

»Tee?«, fragt sie und schwingt sich aus ihrem Sessel, um mir einzuschenken.

»Gern«, antworte ich. »Erzählen Sie heute weiter?«

Mrs Rothman lächelt. Sie hat wieder Platz genommen und knetet ihre Hände. »Oh ja, und heute geht es zur Sache.«

Irmelin war ein neugieriges Kind. Sie konnte Stunden damit zubringen, Höhlen aus Decken, Tischen und Stühlen zu bauen. Sie liebte Tiere, von denen es auf dem Gelände und im Gebäude der Schule des Lebens einige gab, wenn auch keine Haustiere. Die Mäuse, die unter dem Fußboden und zwischen den Wänden lebten, waren Irmelins Freunde. Wann immer sie ein Stück Brot oder einen Brocken Fleisch einstecken konnte, lief sie nach oben zu ihren Mäuschen, um sie zu füttern. In einem Zimmer mit einem kaputten Fenster hatte es sich eine Taubenfamilie gemütlich gemacht. Irmelin durfte eigentlich nicht nach oben, aber die Geräusche zogen sie magisch an. Es waren eine weiße Taube und eine Stadttaube. Irmelin sprach mit den Tieren. Das war für sie ganz normal. Sie sprach mit allen Tieren, auch mit den Schnecken, die leichtsinnig auf dem Bürgersteig vor der Fabrik entlangrutschten. Ein Eichhörnchen kam jeden Tag vorbei und grüßte, indem es einen Salto auf einer Wäscheleine schlug. Irmelin liebte ihre Freiheit, die sie unter den wachen Augen der Frauen auslebte. Die Frauen mochten Irmelin, den kleinen, herzigen Wildfang mit den schwarzen Haaren. Wenn Hedwig auswärts arbeitete, sie putzte dreimal die Woche das Labor der Chemikerin, die die Schule des Lebens finanziell unterstützte, passte Maria Elena auf das Mädchen auf. Sie brachte Irmelin Spanisch bei und erzählte ihr Geschichten aus ihrer Heimat. Sie tanzten zusammen, kochten Suppe und flochten duftige Kränze aus Kräutern, die sie später zum Trocknen aufhängten.

Eines Tages kam Hedwig blass von der Arbeit.

»Du siehst gar nicht gut aus, Hedi. Leg dich hin und ruh dich aus«, sagte Maria Elena und schickte Irmelin los, einen Teller Suppe zu holen.

»Nein, ist schon in Ordnung. Ich habe Bauchschmerzen, mir ist übel. Bitte keine Suppe.« Hedwig wand sich und brach mitten in der großen Halle zusammen.

»Madre de Dios!«, rief Maria Elena.

»Wir bringen sie ins Krankenhaus«, sagte Dolores, die hinzugeeilt war.

Eine Woche später verstarb Hedwig. Sie starb nicht an der Vergiftung, die sie sich im Labor der Chemikerin zugezogen hatte, sondern an einem zu hoch dosierten Medikament, mit dem die Ärzte versucht hatten, sie zu behandeln. Sie starb, weil sie klein und zierlich und eine Frau war. Theodor, ihr Bruder, war untröstlich, als er vom Tod seiner Schwester erfuhr. Da er Irmelins nächster Angehöriger war, sollte Irmelin zu ihm nach Hamburg. Doch Theodor schrieb, dass er keinen Platz für ein Kind in seinem Leben hätte. Also forderte Maria Elena ihn auf, ihr das Kind zu überlassen. Sie wollte es großziehen wie ein eigenes Kind. Dafür war sie auch bereit, eine andere Arbeit aufzunehmen. Mit Dolores' Unterstützung fand Maria Elena eine Anstellung in einem Altersheim. Für Maria Elena war es eine harte Arbeit, denn es fiel ihr anfangs nicht leicht, dem Kind gerecht zu werden und mit den Alten umzugehen. Viele waren eigenwillig und ließen die ungelernte Pflegekraft links liegen. Doch Maria Elena fügte sich in das Leben im Altersheim ein. Sie und Irmelin wohnten in einem kleinen Zimmer mit separatem Bad und einer kleinen Kochnische, die sie jedoch nur benutzte, um sich vor der Frühschicht einen Kaffee zu kochen. Maria Elena begann den Arbeitstag um fünf Uhr, sie schrubbte die Böden, wusch die Wäsche, half den Alten beim Ankleiden und Frisieren, brachte den Bettlägerigen ihr Frühstück aufs Zimmer und wuselte den ganzen Tag über von Raum zu Raum. Sally Sailor, die Leiterin des Heims, kontrollierte in den ersten Wochen jeden Schritt, den Maria Elena machte. Sie hatte Maria Elena und das Kind aufgenommen, denn auch sie hatte eine Zeit lang in Dolores' Obhut gelebt.

Sally Sailor? Das Altersheim? Ich schaue von der Maschine hoch. Ob Mrs Rothman bewusst ist, dass in dem Wort Inspiration das Wort Pirat steckt? Während ich weitertippe, überlege ich, ob ich verärgert sein soll. Aber dann denke ich, es ist nur eine Geschichte und Mrs Rothman ist nicht mehr die Jüngste. Da kann man Realität und Fantasie schon mal durcheinanderbringen.

Irmelin, die mittlerweile vier Jahre alt war, zerstreute sich tagsüber, besuchte die Alten in ihren Zimmern, kletterte auf Betten, ließ sich vorlesen, schaute sich Schmuckkästchen an. Doch am liebsten half sie Señor Juca in der Küche. Señor Juca kam aus Peru und war fast so alt wie die Bewohner, doch er hätte sich einen Platz im Altersheim auf seine alten Tage niemals leisten können. Er ging völlig im Kochen auf und gab all seine Liebe und Leidenschaft in die Gerichte, die er tänzelnd und singend zubereitete. Jeden Tag überraschte er die Bewohner mit einer neuen Kreation. Nicht alle mochten seine Küche, die unvorhersehbar und für den Gaumen mancher Bewohner allzu würzig war. Doch viele wussten seine Kreativität zu schätzen und steckten ihm gelegentlich ein paar Dollar zu, die er in einer Kaffeedose sammelte, die unter seinem Bett stand. Für Irmelin zweigte er immer die zartesten Stücke Fleisch ab. Sie konnte sich bei Señor Juca jederzeit ein Glas Milch oder ein Stück Obst holen. Am liebsten aß Irmelin Papaya und gestreifte Melonenbirnen. Auch grüne Mango mit Essig mochte sie. Señor Juca sprach ein wundervolles weiches Spanisch, das so klang, als würde er mit seiner Stimme eine Katze streicheln. Irmelin liebte es, auf einem Hocker in der Küche zu sitzen und seinen Geschichten zu lauschen. Er malte für sie eine Welt des ewigen Grüns, erzählte von Urwäldern, kunterbunten Vögeln, kreischenden Affen und goldenen Tempeln. Irmelin interessierten nur die Geschichten über die Tierwesen, die er in den schillerndsten Farben beschrieb.

»Die Leguanhenne hat so große Flügel, damit deckt sie ihre Kinderlein zu.«

»Wie heißen ihre Kinderlein?«, wollte Irmelin wissen.

»Ja, sie haben viele Namen. In dem Dorf, aus dem ich komme, werden die Leguanhennen verehrt. Wir schlachten sie nicht«, sagte Señor Juca, während er ein Huhn ausnahm.

»Was ist schlachten?«

»Schlachten ist, wenn man dem Tier den Kopf abschlägt«, erklärte er und legte die Eingeweide für die Katzen zur Seite.

»Du schlägst Tieren den Kopf ab?«, fragte Irmelin, ihre Stimme war eine Oktave in die Höhe geschossen.

»Wenn wir Tiere essen wollen, müssen wir sie dann nicht schlachten?«, antwortete er achselzuckend.

Irmelin war darüber so entsetzt, dass sie aus der Küche lief. Sie wollte nie wieder Fleisch essen, doch das hatte sie bis zum Abendessen wieder vergessen.

Als Irmelin fünf Jahre alt wurde, beschloss Maria Elena, sie in der Vorschule anzumelden. Doch Irmelin hatte kein Interesse an der Schule.

Sie wollte keine Zahlen lernen, und wie man mit der Schere schnitt, wusste sie schon lange. Irmelin krabbelte lieber auf dem Boden herum und beobachtete die Ameisen, die durch das Klassenzimmer marschierten, als brav am Tisch zu sitzen und Os zu malen. Irmelin hatte viele Fragen, die sie aber für sich behielt, nachdem sie von der Lehrerin einen Rüffel für ungezogene Zwischenfragen kassiert hatte. Dabei waren es äußerst wichtige Fragen: Taten Ameisen die Arme weh, wenn sie ein Blatt trugen? Wurde dem Eichhörnchen schwindelig, das vor dem Klassenzimmer im Baum turnte? Hatte der Regenwurm eine Mama? Irmelin hatte keine Mama mehr. Miss Knight, die Vorschullehrerin, fand deshalb, dass es besonders wichtig wäre, Buchstaben und Zahlen zu können. »Was willst du denn mal werden, wenn du nicht mal eine Mutter hast?«, fragte sie am vierten Tag. Irmelin, die schon immer wusste, was sie werden würde, sagte: »Ich werde ein Vogel.« Miss Knight entließ das Kind kopfschüttelnd und schaute ihm hinterher, wie es zu Maria Elena lief, die vor dem Tor auf Irmelin wartete. Maria Elena verstand nicht, warum Irmelin die Vorschule nicht mochte. Es war für Kinder ein Privileg, zur Schule zu gehen. Das sagte sie Irmelin, die verächtlich schnaubte. Was sollte das überhaupt sein, Privileg. Hatte es Flügel? Oder war es ein Privileguan?

Für Irmelin war es das Größte, wenn ein Schneesturm oder eine andere Naturgewalt tobte, denn das bedeutete, dass die Schule ausfiel. Langeweile kannte sie nicht, solange sie nur nicht in die Schule gehen musste mit ihren Es, As, Os und Bs.

Im Altersheim fand sie Antworten auf viele Fragen, denn die Bewohner nahmen Irmelin unter ihre Fittiche. Besonders gern besuchte Irmelin das Ehepaar Parker, mit dem sie Stunden in der Bibliothek verbrachte. Lauren Parker war Illustratorin und hatte unzählige Zeichnungen für Enzyklopädien angefertigt, und Benjamin Parker war Professor für Physik gewesen. Benjamin hatte einen Hang zum Übertreiben. Auch war seine Fähigkeit, einem Kind die physikalischen Gesetze und Zusammenhänge zu erklären, nur begrenzt. Aber von Lauren lernte Irmelin sehr viel über alle möglichen Tiere und Pflanzen.

Das einzige Kind, auf das sich Irmelin in der Schule freute, war Jack. Jack war wie sie. Er konnte die ganze Schulpause bäuchlings auf dem Boden liegen und Käfer, Raupen und Tausendfüßler beobachten. Er hatte feinlockiges Haar und seine tiefbraune Haut erinnerte Irmelin an den Steppenadler, den sie in einem Buch gesehen hatte. Nachdem sie bemerkt hatte, dass Jack wie sie das Eichhörnchen vor dem Fenster spannender fand als Miss Knights Unterricht, konnte sie nicht anders: Sie musste immer wieder zu ihm hinsehen. Schaute er auch hinaus? Sah er die Luftakrobaten, die vor dem blauen Himmel ihre Kunststücke vorführten? Wusste er, dass es Kiebitze waren? Irmelin wollte es ihm am liebsten zurufen. Folgte er mit den Augen dem Brummer, der sich ins Klassenzimmer verirrt hatte?

Irmelin brachte Jack Schach bei, das sie selbst ganz nebenbei von ihrer Mutter gelernt hatte und gelegentlich mit Maria Elena oder den Alten spielte. Jack verstand das Spiel ohne viele Worte. Die beiden brüteten Stunden über dem Schachbrett. Irmelin sprach zu der Zeit nicht viel. In der Schule machte sie den Mund nicht auf, und Miss Knight haute ihr auf die Hände, als würde das etwas nützen. Ungezogen, zischte sie dann. Ungezogen. Wenn die Lehrerin Irmelin durch ihre dicke Brille ansah, schüttelte sie den Kopf, als wäre sie enttäuscht. Nur mit den Alten plapperte Irmelin, als gäbe es kein Morgen, was für manche auch stimmte. Es machte sie traurig, wenn jemand verstarb, aber gleichzeitig hatte sie jedes Mal ein Hüpfen im Herz, denn Señor Juca hatte erzählt, dass die Toten Vögel wurden und in den Himmel flogen. Irmelin wollte so gerne einmal fliegen und den Wind im Gefieder spüren. Aber sterben wollte sie nicht.

Jack war das einzige Kind, das Irmelin zu sich nach Hause einlud. Anfangs fühlte er sich etwas unwohl, weil es überall nach Desinfektionsmittel roch. Aber das musste so sein, weil die Bewohner sich nicht anstecken sollten. Es gab nämlich ein Virus, das um sich griff und die Alten mit sich riss. Miss Knight hatte es den Kindern erklärt. Das Virus machte Fieber und kochte das Gehirn. Für junge Menschen war das angeblich nicht so schlimm. Aber ein Kind aus ihrer Klasse war daran gestorben. Avril war jetzt ein Vogel. Jack und Irmelin fütterten sie mit Körnern. Auch Señor Juca war ganz plötzlich ein Vogel geworden, was Irmelin sehr bedauerte. Wenn Jack Irmelin besuchte, gingen sie immer in die Bibliothek und ließen sich von den Parkers die schweren Bücher herunterholen, um Tiere zu studieren und abzupausen.

Es kam der Tag vor dem Tag, an dem Jack aufhörte, da zu sein. Es war ein Montag. Irmelin saß an ihrem Tisch in der Schule und schaute zu Jack hinüber, der den Kopf gesenkt hielt und auf seine verbundene Hand starrte. Sie waren vierzehn und heimlich ineinander verliebt. Jack hatte ständig Ärger mit seinem Vater, der Augen wie Gewitterwolken hatte. Er nahm Jack hart ran und fand seinen Sohn zu weich. Jack war gefühlvoll und steckte voller Überraschungen. Er malte Blumen und Tiere, er zeichnete sie überall hin. In seine Hefte, in den Sand, und wenn er sich vor seinem Vater unter dem Bett versteckte, dann malte er auch an die dunkle Wand. Jack war von seinem Vater einmal so heftig verprügelt worden, dass er ins Krankenhaus musste. Niemand hatte etwas gesagt, weder Jacks Mutter noch die Ärzte, die seine Wunden versorgten. Nur Irmelin hatte den Mund aufgemacht. Sie hatte zu Jack gesagt, dass er weglaufen sollte. Sie kannte die Wahrheit und konnte es kaum ertragen, zu wissen, was mit ihm geschah. Aber sie hatte ihm geschworen, keiner Menschenseele etwas zu verraten, denn das war ihm wichtiger als alles auf der Welt. Seine Scham war so groß, dass er lieber die Gewalt ertrug, als die Gräueltaten seines Vaters offenzulegen. Also schwieg Irmelin, weil sie ihn nicht verlieren wollte. Nur an diesem Montag sprach sie darüber. Jacks Vater hatte ihm mit einer Eisenstange die Hand gebrochen. Irmelin erzählte es Norman Pullman, einem Bewohner des Altersheimes, der im Koma lag. Maria Elena hatte gesagt, er könnte sie nicht hören. Jacks Vater war nach außen hin ein frommer Mann. Er ging jeden Sonntag zur

Kirche, betete vor dem Schlafengehen und half in der Gemeinde, wann immer er gefragt wurde. Die Menschen schätzten seine Ernsthaftigkeit, er war höflich und beschwerte sich nicht, wenn er stundenlang ein Dach ausbesserte oder Kisten schleppte. Er lächelte nicht, aber er hatte auch keinen Groll im Gesicht. Doch sobald er die eigene Tür hinter sich schloss, verwandelte er sich in einen Tyrann. Jacks schönsten Kindheitserinnerungen stammten aus der Zeit, als sein Vater auf einer U-Boot-Mission war. Das war die einzige Zeit gewesen, in der die Mutter gelacht hatte. Wenn das Essen ihm nicht schmeckte, warf er den Teller auf den Boden und schlug seine Frau mit dem Gürtel. Er schlug sie nie ins Gesicht, um den Schein zu wahren. Jack hatte Irmelin erzählt, dass seine Mutter manchmal tagelang nicht sitzen konnte. Er hasste seinen Vater und verstand nicht, warum seine Mutter ihn nicht verließ. Dass Jack immer wieder blaue Flecken hatte und öfter in der Schule fehlte, fiel Miss Knight natürlich auf. Sie schimpfte dann mit ihm und sagte, er sollte besser aufpassen und dass er selbst schuld wäre, weil er immer so herumzappelte, und da wäre es kein Wunder, wenn er vom Stuhl fiele und sich blaue Flecken zuzöge. Jack war sich sicher: Was Kinder erzählten, waren nur Geschichten, ihnen wurde kein Gehör geschenkt.

Es war Dienstagnachmittag, als Jack aufhörte zu atmen. Jack war an diesem Tag nicht in der Schule gewesen und Irmelin hatte alleine ihr Referat über die Titanic gehalten, an dem sie tagelange gearbeitet hatten. Irmelin saß in der Küche und schaute aus dem Fenster, während sie auf ihre warme Milch wartete, die sie nach der Schule immer trank. Der Pfirsichbaum blühte und Irmelin ließ den Blick schweifen. Da fiel ihr ein kleiner blauer Vogel auf, der auf einem Ast ganz in der Nähe saß und zu ihr hineinschaute. Sie wusste sofort, dass es Jack war. Es war sein Blick. Sie starrten einander an, dann flog Jack davon. Irmelins Eingeweide krampften sich zusammen und sie fing an zu schluchzen. Vor Schreck kochte die Milch über und der neue Koch, ein junger Immigrant aus Europa, schnitt sich in den Finger. »Ay, mi niña«, rief Maria Elena, als der Koch sie in ihr Zimmer brachte.

»Du siehst müde aus, Vögelchen. Wollen wir eine Pause machen?«

Ich hebe verwundert den Blick, der auf den Tasten klebt, die ich gar nicht angucke. »Ja, gerne.« Meine Beine fühlen sich schwer an, ich strecke sie vorsichtig aus und wackle mit den Zehen. Ich bin heute unkonzentriert und kann der Geschichte nicht richtig folgen, weil ich ständig daran denke, dass ich es Patata sagen muss. Mit dem Baby. Und was wird dann passieren? Ein Heiratsantrag aus Gründen der Not, das wird passieren. Am besten, ich mache Schluss, bevor es zu spät ist. Denn erstens liebe ich ihn nicht, und zweitens bin ich keine Gehobene mit Einkaufen von Wäsche für die Heirat. Und das nennt sich Mitgift.

»Möchtest du dich etwas hinlegen? Wir können später weitermachen«, sagt Mrs Rothman.

Ich fühle mich verstanden, dabei habe ich gar nichts gesagt, und das ist etwas zwischen uns, das kann ich nicht benennen. Ich gehe nach oben und lege mich bekleidet aufs Bett, weil die Müdigkeit auch meine Finger erreicht hat, die keinen einzigen

Knopf mehr öffnen wollen. Die Gedanken an Patata fege ich in eine Ecke, und die Schläfrigkeit legt sich wie eine Decke auf mich, noch bevor ich meine Hausschuhe abstreifen kann. Alles an mir schläft schon und ist schwer, und das ist ein Ding von Wunderlichkeit, dass ich trotzdem denke wie eine Eins. Und plötzlich singt in mir ein Lied vom Mond und ich summe mich in den Schlaf. Nach zwei Stunden wache ich erfrischt auf und springe aus dem Bett als wäre ich noch nie müde gewesen. Das Lied habe ich noch im Ohr. Phänomenal! Und nehme mir vor, es Hope vorzusingen. Denn das Lied, das ist Familie.

Jacks Vater kam ins Gefängnis. Er hatte seinen Sohn totgeprügelt. Irmelin wurde mit einem Schlag innerlich zu Eis. Die Erinnerungen an Jack brannten ein kleines Loch durch das Eis, und durch das Loch flossen die Tränen. Als sie sich leer geweint hatte, sah es in ihr dunkel aus.

Irmelin verließ ihr Bett nicht mehr. Sie war vierzehn, hatte ihr erste Liebe verloren und fühlte sich wie vierhundert. Versteinert. Ungeliebt und unglücklich. Der Koch kam jeden Tag zu ihr, damit sie nicht verhungerte. Er saß so lange an ihrem Bett, bis sie ihre Milch getrunken und ihren Reis gegessen hatte. Und weil Maria Elena ihm gesagt hatte, dass Irmelin daran glaubte, nach dem Tod ein Vogel zu werden, erzählte er ihr die Geschichte über den blauen Vogel, der Jack geworden war. Die Geschichte legte sich tröstend wie ein Schal um Irmelin, und sie nahm die Geschichte und strickte sie weiter, damit sie etwas hatte, das sie wärmte. Lauren Parker schenkte ihr zum Geburtstag eine Zeichnung von einem blauen Vogel mit einem roten Herz.

In Irmelins Vorstellung lebte Jack als Vogel in einer roten Laterne über einer chinesischen Nudelküche ganz in der Nähe. Dort war es warm und geschützt, und zu essen gab es auch reichlich, denn wo gekocht wird, da fallen Reste an. Jeden Tag flog er zum Altersheim, um sich auf den Pfirsichbaum zu setzen, wo Irmelin ihm jeden Tag ein paar Körner und, wenn sie welche hatte, Herzpfirsichsamen hinlegte. Der Vogel kam immer am Nachmittag, wenn er sicher sein konnte, dass Irmelin aus der Schule zurück war. In der Klasse vermisste sie Jack schmerzlich, doch ihn jeden Tag im Pfirsichbaum zu sehen, ließ ihr zerrissenes Herz wieder zusammenwachsen. Sie konnte mit niemandem außer mit dem Koch darüber sprechen, was mit Jack war. Alle dachten, er sei im Himmel. Und das stimmte auf gewisse Weise auch. Doch er war gleich wieder zurückgekommen. Jack war ein Vogel. Und Vögel waren frei. Irmelin wollte auch ein Vogel sein. Aber sie traute sich nicht. Die Geschichte half ihr, nicht durchzudrehen, denn sie gab ihr etwas, an das sie glauben konnte. Und sie glaubte so fest daran, dass es wahr wurde. Jack war wirklich ein Vogel geworden.

Als der Winter die Stadt mit Schnee zudeckte, kam der blaue Vogel seltener. Irmelin legte Nüsse für ihn in den Schnee. Wenn sie die Augen schloss, wusste sie, dass er es warm hatte in seiner Laterne über der Nudelküche. Jack, ihr kleiner blauer Vogel, schlief in seiner sanft schaukelnden Laterne und träumte von den Bergen, denn im Herzen war er kein Stadtvogel. Er war ein Vogel, der die Wildnis suchte. Schon als er noch ein Junge war, hatte es ihn in die Wildnis gezogen. Am liebsten war er in den Wäldern herumgestreift und hatte in Bächen und an Flussufern gespielt. Manchmal waren Jack und Irmelin zusammen mit ihren Fahrrädern aus der Stadt gefahren. Doch Irmelin war nicht so mutig wie er, sonst wären sie vielleicht nie mehr zurückgefahren.

Der Winter war schwer für Irmelin. Sie vermisste Jack und stellte sich vor, dass der Vogel das laute Schlürfen und Rülpsen der Gäste satthatte, die in der Nudelküche ihren Hunger stillten. Auch den Zigarettenqualm, der aufstieg, wenn Gäste nach dem Essen vor der Tür eine rauchten, konnte er sicher nicht mehr ertragen. Sie stellte sich vor, dass er von frischer Luft und Bergen träumte, über die er segelte. Deshalb kam er nicht mehr. Und sicher träumte er von einem Vogelmädchen, das sie wäre, aber nicht war. Dieser Teil versetzte Irmelin einen Stich. Aber so war es nun mal. Jack war ein Vogel und sie, sie war ein fünfzehnjähriges Mädchen. Die Wochen verstrichen, Schnee bedeckte das ganze Land. Jack kam nicht mehr. Irmelin wusste, dass er auf der Suche nach ihr war, in seinem kleinen Vogelkörper pochte ein großes Herz. Sie spürte wochenlang ein Ziehen in ihrer Brust, und war überzeugt, dass es Magnetströme waren, die zwischen Jack und ihr hin- und herflossen. Warum kam er nicht zurück? Hatte er sich in ein Vogelmädchen verliebt? Als Irmelin Maria Elena von ihrer Sorge erzählte, guckte sie seltsam und sagte, dass Jack tot sei und kein Vogel. Damit war das Gespräch zu Ende und Irmelin verfiel in eine schwere, schneeschimmernde Depression, die sie lähmte und innerlich gefrieren ließ. Sie konnte sich kaum noch bewegen, konnte sich nicht aufraffen, ihren Kopf zu heben, der ein paar Tonnen schwer geworden war. Niemand wusste, was mit ihr war. Sie sprach kein Wort mehr und ihre Noten fielen in den Keller. Der Koch kochte ihr jeden Tag Milchreis und blieb so lange neben ihr sitzen, bis sie aufgegessen hatte. An Weihnachten schenkte er ihr ein leeres Buch und sie begann sofort, wütende Gedichte zu schreiben. Als es Frühling wurde, schrieb sie über ihren kleinen blauen Vogel, der sich in ein Vogelmädchen verliebt hatte. Irmelins Herz wollte zerreißen und ihre Tränen liefen unerbittlich über ihre Wangen, als sie schrieb, wie es zwischen ihnen knisterte.

Vögel stellen wundersame Dinge an, wenn sie verliebt sind. Auch der kleine blaue Vogel. Er spielte alle Karten aus, die ein Vogelmännchen ausspielen konnte, putzte sich heraus und brachte seiner Angebeteten Nüsse und Beeren. Irmelin beobachtete auf dem Papier, was Jack tat. Er baute ein Nest an der Baumgrenze, wo die Luft dünn wurde und das Vogelmädchen sich wohlfühlte. War es etwa Avril? Direkt nachdem Irmelin es aufgeschrieben hatte, strich sie es gleich wieder durch. Es konnte einfach nicht Avril sein. Vielleicht war es doch sie, Irmelin, und sie wusste nur nicht, dass sie ein Vogel war. Träumte sie nur, ein trauriges Mädchen zu sein? Jack verzierte das Nest mit roten Blättern und Blumen, und befolgte jede Regel der Romantik, die seit abertausend Jahren angewendet werden, um Herzen zu erobern. Das Vogelmädchen mochte Jack wirklich sehr und war auch bereit, sich zu paaren, denn es war der Ruf der Natur, dass sie Eier legen wollte. Doch sie war schwer melancholisch und ließ häufig den Kopf hängen. Jack nahm ihre Melancholie, die die Form einer Wolke hatte, sehr ernst. Mit viel Geduld und seiner brennenden Leidenschaft suchte er die richtigen Melodien, um ihr seine Zuneigung immer und immer wieder zu zeigen. Und wie er so suchte und kleine Gedichte sang, kämpfte sich die Sonne durch die Wolke bis zu dem Vogelmädchen durch und wärmte ihr das Herz. Die Melancholie blieb, doch sie wurde blasser. Und so dauerte es eben ein bisschen länger, bis der blaue Vogel und das Vogelmädchen sich paarten und wunderschöne, gesprenkelte Eier ausbrüteten.

Nach etwas mehr als zwei Jahren kam Irmelin wieder aus ihrer Höhle heraus, in die sie sich mit Büchern zurückgezogen hatte. Ihre Wut und Trauer waren kleiner geworden, sie packte sie jeden Abend in einen Koffer und stellte sie unter ihr Bett. Zu wissen, dass die Wut und die Trauer da waren, beruhigte sie. Sie wusste, dass sie sich nicht ewig verstecken konnte. Und letztlich war es wohl auch die Langeweile, die sie erkennen ließ, dass sie nicht der einzige Mensch auf der Welt war, der einen Geliebten verloren hatte. Wenn Irmelin an Jack dachte, dann erinnerte sie sich vor allem an die Momente, in denen sie zusammen Tiere beobachtet hatten. Stundenlang hatten sie damit zugebracht. Und sie hatten nie gemerkt, wie die Zeit verging. Wenn Irmelin jetzt

Tiere beobachtete, im Keller die Spinnen, oder bei Sonnenuntergang die Libellen, die auf einen leckeren Mückenschwarm zum Abendessen warteten, dann dachte sie fest an Jack.

Maria Elena wurde mit den Jahren wunderlich. Vielleicht lag es daran, dass sie sich verliebt hatte. Sie liebte den Postboten, der seit einigen Monaten die Briefe brachte. Maria Elena hatte ihn zunächst nicht beachtet, weil Sally Sailor normalerweise die Post entgegennahm. Doch eines Tages musste sie die Briefe annehmen, weil die Heimleiterin krank war und im Bett lag. Von diesem Tag an war Maria Elena wie ausgewechselt. Sie kaufte sich ein paar neue Kleider, warf ihren Kittel in die Ecke und wirbelte mit einer Leichtfüßigkeit durch das Haus, dass den Alten schwindelig wurde. Irmelin war erfreut, dass sich ihre Aufmerksamkeit nun auf den Postboten konzentrierte, denn sie selbst war mitten im Erwachsenwerden und konnte auf die Argusaugen, die Maria Elena sonst auf sie hatte, gut verzichten. Hatte Maria Elena die letzten Jahre jeden Schritt ihrer Pflegetochter verfolgt, so konnte diese sich nun unbeobachtet bewegen, weil Maria Elena nur noch Augen für ihren Javier hatte. Sonntags, wenn Maria Elena frei hatte, gingen sie im Park spazieren. Doch das stimmte nicht, denn Irmelin selbst war auch im Park und sie hat die beiden dort nie gesehen.

An ihrem achtzehnten Geburtstag ließ sich Irmelin vom Koch küssen. Es hatte etwas von Tragik, weil sie nicht in ihn verliebt war, aber Irmelin wollte lieber Tragik und Achterbahn als Langeweile. Sie küssten sich heimlich in der Besenkammer und gingen abends im Schutze der Dunkelheit im Park händchenhaltend spazieren. Irmelin wollte sich lebendig fühlen, und das Küssen half dabei. Aber sie wusste, dass es nicht von Dauer sein würde.

Alles war jetzt anders als früher. Irmelin war kein Kind mehr, sie war eine junge Frau, die sich fühlte, als hätte sie ein paar Jahre geschlafen. Manchmal wollte Irmelin wieder Kind sein, die Weichheit von Maria Elena spüren, aber diese Zeiten waren vorbei. Maria Elena klopfte ihr gelegentlich auf den Rücken, doch in den Arm nahm sie Irmelin nicht mehr. Diese Rolle hatte nun der Koch.

Eines Tages, Irmelin las gerade in einer Illustrierten, setzte sich Maria Elena auf ihr Bett und räusperte sich, bis Irmelin zu ihr hochsah. Maria Elenas Gesicht war rot und Irmelin war sofort beunruhigt.

»Irmelin, wir müssen reden«, sagte sie.

Irmelin zog die Augenbrauen hoch und nickte ihr aufmunternd zu. Vielleicht hatte sie Brillen besorgt, denn später am Tag sollte es eine Sonnenfinsternis geben, die sie sich anschauen wollte.

»Ich werde mit Javier zusammenziehen.« Maria Elena hob ihre Hand und zeigte Irmelin den Ring, der an ihrem Finger glitzerte. »Er hat um meine Hand angehalten.«

Verwirrung machte sich in Irmelin breit. Wenn Maria Elena mit Javier zusammenzog, was würde dann aus ihr werden? Wollte sie sie hierlassen, im Altersheim? »Das ist ja schön«, sagte sie.

»Du kannst natürlich bei uns wohnen, du bist ja quasi mein Kind«, sagte Maria Elena und lachte nervös. »Aber ich finde, du bist auch schon alt genug, um alleine zu wohnen. Immerhin bist du schon achtzehn. Du musst auch an eine Ausbildung denken.«

Irmelin zuckte mit den Achseln. So hatte sie sich das nicht vorgestellt.

»Außerdem«, Maria Elena stockte und sah zu Boden, »außerdem gehen wir nach Spanien.«

»Spanien? Europa?« Irmelin war wie vor den Kopf gestoßen.

Maria Elena nickte. »Ich weiß, es ist irre. Aber Javier sagt, Franco und die Faschisten müssen besiegt werden. Du kannst natürlich hierbleiben, ich habe das alles schon mit Sally Sailor besprochen und ihr mein Erspartes gegeben, damit du hier weiter leben kannst und sie ein Auge auf dich hat.«

»Und wann heiratet ihr?«

»In drei Wochen«, sagte Maria Elena und errötete. »Denk einfach mal darüber nach.« Sie strich Irmelin über den Kopf und ging aus dem Zimmer.

Irmelin brach in Tränen aus, die erst versiegten, als der Mond sich vor die Sonne schob.

Ratlos baue ich die Schreibmaschine wieder ab und gehe nach oben, um mich hinzulegen. Es liegt an meiner hoffnungsvollen Verwandlung, dass ich ständig schlafen möchte. Mein Bett ist frisch bezogen und umarmt mich. Ich möchte aufrichtig wagen, zu verstehen, warum Hedwig und Jack sterben mussten und warum Maria Elena Irmelin nun auch noch verlassen hat.

Was für eine Geschichte ist das, in der jemand in den Krieg zieht und seine Frau in Gefahr bringt? Warum hat Mrs Rothman Irmelin die Hoffnung genommen? Ich frage mich, ob es überhaupt vernünftig ist, Hoffnung zu haben. Oder ist es bloß verrückt, weil man nicht wissen kann, was kommt. Und ich denke an das, was ich heute in der Zeitung gelesen habe. Der Angriff der Japaner auf Pearl Harbor, obwohl wir neutral sind. Ich ahne das Undenkbare, nämlich dass der Krieg nun auch in meiner unmittelbaren Umgebung tobt und nicht bloß als Buchstaben auf Papier. Hawaii ist fast achttausend Kilometer von New York entfernt. Mitten ins Herz, stand in der Zeitung. Und ich weiß nicht viel über Politik, aber Krieg ist Krieg. Und ich stelle mir vor, ganz ohne Farbe, wie Patata in Uniform aussieht. Ich darf nicht darüber nachdenken, sonst heirate ich ihn doch noch aus Versehen. Alles klebt in meinem Kopf zusammen, die Geschichte und die Gegenwart, ich kriege es nicht auseinander. Und ich zwinge mich, meine Gedanken wieder zu Irmelin zu lenken. Die Erzählung ist sonderbar und voll von Depression und Liebe. Ich kann Irmelins Kummer förmlich spüren. Und Liebe ist doch ein Ding, das kann niemand erzwingen. Aber das ist keine Frage, die ich beantworten kann, denn Liebe ist keine Frage, die sich stellt. Und der Mond scheint auf alle, wie auch die Sonne, und nur weil man jemanden nicht liebt, heißt es nicht, dass er einen nicht lieben kann, einfach weil er es tut. Das ist die Tragik. Und ich tue mir leid, wegen der Not zum Heiraten in einer ungewissen Zeit.

Mrs Rothman hat eine Klugheit an sich, die ist phänomenal und hat mit Emotionen zu tun. Wie ich so meine Schreibmaschine abgebaut habe vorhin und den Stecker vom Strom gezogen, hat Mrs Rothman meine Hand genommen und mich ermutigt, mich von Patata zu trennen, weil es doch offensichtlich sei, dass ich ihn nicht liebe. Und sie hat gesagt, ich hätte die Verantwortung, ehrlich zu sein zu mir selbst. Ansonsten würde ich mich aufgeben als die, die ich im Kern bin. Das wäre ein Drama, und ich sei wohl verantwortlich für den Ausgang der Geschichte. Ich habe Gänsehaut bekommen von ihrem Reden. Und habe mich gefühlt, als wäre ich voll mit Eiswürfeln, die langsam schmelzen und meine Seele in Form von Tränen preisgeben. Und habe vor Mrs Rothman geweint, was gar nicht schlimm war, weil sie mich versteht. Ihr Taschentuch roch nach Lavendel wie Klischee. Und sie sagte, als ich gedacht habe, dass eine Trennung unvernünftig sei, lieber unvernünftig als unglücklich. Ich fühlte mich schlagartig besser, trotz allem. Ich weiß, dass sie gut reden hat, weil sie eine Villa besitzt und keine Sorgen haben muss. Und ich nehme mir vor, die Contenance zu wahren wie eine, die weiß, was sie tut.

TRENNUNG

Patata und ich sind Downtown verabredet und ich habe auf dem Weg meine Contenance verloren, weil ich vor Nervosität so schnell gelaufen bin. Und jetzt stehe ich in der Orchard Street vor einer heruntergekommenen Mietskaserne unter einer kaputten Laterne und möchte am liebsten weglaufen, aber ich zwinge mich, zu bleiben und zu warten. Denn so schwer die Worte auch sind, die in mir wohnen mit Gefühl, ich muss mit Patata reden. Er hat schon Bemerkungen gemacht, weil ich mich in letzter Zeit aus seinen Umarmungen winde. Meine Brüste sind groß geworden und rund. Mein Bauch nicht so sehr. Ich erfinde Ausreden, damit ich nicht mit ihm schlafe. Dabei will ich es ja. Sehr sogar, aber die Angst ist stärker als das Gefühl von wilder Zärtlichkeit. Ich habe den Winter als Ausrede genommen, als ob ich zimperlich wäre. Aber er wird mich heiraten wollen, wenn er erfährt, dass ich guter Hoffnung bin. Dabei ist das doch eigentlich etwas Schönes, wenn man wie eine Kirsche blüht. Der Unterschied ist, dass nach der Blüte die Frucht kommt, und damit habe ich keine Erfahrung. Ob der Kirschbaum vor lauter Hoffnung auf die Zukunft so schön blüht, und etwas anderes kann es gar nicht sein. Weiß ein Kirschbaum denn, was nach der Blüte kommt? Ist es ihm egal, dass manche Blüten nicht bestäubt werden? Oder zaudert er? Ich möchte mich bei mir selbst entschuldigen für meine rastlosen Gedanken. Mein Gesicht glüht vor lauter Denken. Wenn ich darüber nachsinne, dann hat meine Zukunft eine elektrische Schreibmaschine mit Lampen und blinkt. Und arbeiten möchte ich, aber nicht für rauchende Männer mit Schmerbauch, die immer sagen, wo es langgeht wie in der Politik. Denn da sieht man ja, wo es hinführt. Ich möchte für jemanden arbeiten, der einem auch Zuversicht gibt und genug Geld, um ein Mensch zu sein auf eigenen Beinen. Nur mit dem

Baby weiß ich nicht. So eine Ehe aus Vernunftsgründen und nicht einmal Geld für Wäsche. Eine Not ist es, anders kann ich es nicht sagen. Denn habe ich es mir ausgesucht? Hat Hedi es sich ausgesucht? Nein. Wir hatten nur ein Gefühl von Wollen und schon steckten wir in Kalamitäten, was eine missliche Lage ist. Es muss doch Möglichkeiten für solche wie mich geben. Der Arzt hat gesagt, ich solle mir jemanden suchen, der mich heiratet vor Gott. Ich kann nur schnauben, wenn ich daran denke. Und zu sowas von Gesellschaft, die glaubt, eine Jungfrau Maria hat tatsächlich ein Kind geboren, möchte ich nicht dazugehören. Das ist billiges Theater mit allen Mitteln der Bühnenmaschinerie, und alle gehen hin und denken, sie gucken ein Stück an, dabei spielen sie mit. Und ich will ehrlich mit mir sein, damit ich nicht mit meinem Kind in der Versenkung verschwinde.

Da kommt Patata. Meine letzte Stunde hat geschlagen. Er trägt einen dünnen Wollmantel und einen Hut, mit dem er erwachsen aussieht wie ein Schauspieler, der auf die Bühne tritt. Nur dass er nicht weiß, dass ich heute sein Herz herausschneide, was nicht in seinem Skript steht. Sein Kuss schmeckt schüchtern. Als er den Arm um mich legt, winde ich mich aus seiner Umarmung und schaue ihn wütend an.

»Was ist denn, habe ich was falsch gemacht?«

»Nur weil wir ein Paar sind, heißt das nicht, dass ich dich heirate und meine Lebensweise aufgebe aus Zwang der Liebe«, sage ich kaltschnäuzig.

Patatas Augen funkeln in der Dunkelheit. »Was?«

Ich habe ihn noch nie so verletzt gesehen. »Hör mal, ich möchte dir nicht wehtun, Patata«, sage ich etwas sanfter. »Wir können so nicht weitermachen. Ich möchte nicht, dass du denkst...«

»Dass ich was denke?«

»Dass wir heiraten, denn das werden wir nicht.«

»Wer sagt, dass ich dich heiraten will?«, sagt Patata und

steckt die Hände in die Manteltaschen, als hätte er einen Spickzettel für schieflaufende Heiratsmomente.

Wir sagen eine Weile nichts und laufen auf die Brooklyn Bridge zu. Gott, bin ich froh, dass meine Gedanken nicht wie Leuchtreklame über mir schweben. Denn wenn sie es täten, würde da »Nein« stehen, wie ein Kinofilm, der neugierig macht auf Drama. Aber Nein ist kein Film, sondern eine Entscheidung.

Ich weiß, dass es dumm ist, auf die Brücke zu gehen. Denn wenn du erst einmal drauf bist, kannst du nicht einfach abbiegen und tschüs. Obwohl ich es besser weiß, gehe ich weiter. Meine Güte, die Brücke ist fast zwei Kilometer lang. Da kann man viel besprechen, und mir fällt nicht ein, was ich sagen könnte, also lege ich einen Zahn zu.

»Was hast du denn?«, fragt Patata.

»Ich habe kalte Füße«, antworte ich und es stimmt. Es ist einfacher, wenn man sich nicht ins Gesicht gucken muss. Ich lenke meinen Blick aufs Wasser, auf die Stadt, suche am schwarzen Himmel die Gänse, die ich in der Ferne höre.

»Schau mal, da oben«, sagt Patata.

Ich folge seinem Zeigefinger und entdecke die Wanderfalken, die hoch über uns in den Türmen nisten. Wanderfalke müsste man sein. Dann könnte man einfach in den Nachthimmel verschwinden.

»Wusstest du, dass Nachtflugvögel sich am Mond und an den Sternen orientieren?«, frage ich, um etwas zu sagen.

»Nein, das habe ich nicht gewusst.«

»Eigentlich stimmt es auch nicht«, sage ich. »In der Stadt sind zu viele Lichter, das bringt alles durcheinander.«

Patata läuft schweigend neben mir her, als warte er darauf, dass ich weitererzähle.

»Das Licht verändert alles. Die Tiere sind schlau, die können sich anpassen. Aber es dauert. Das lernen sie mit der Zeit. Nachtvögel und Fledermäuse haben zum Beispiel gelernt, dass sie nur zu einer Laterne fliegen müssen, wenn sie Nahrung suchen. Leider sind die Insekten nämlich dumm, sie denken, die Laterne ist der Mond und fliegen darauf zu.«

»Die Insekten wollen zum Mond?«, fragt Patata verwundert.

Ich lache leise auf. »Nein, so dumm sind sie nun auch wieder nicht. Niemand kann bis zum Mond fliegen. Die Insekten peilen den Mond an und wissen dann, das ist Mondrichtung. Und weil der Mond nicht heiß ist, haben sie keine Angst vor den Laternen. Aber dort werden sie gefressen oder verbrennen.«

»Und Geckos?«, fragt Patata. »Die sind doch dämmerungsaktiv, oder?«

»Ja, ich denke schon. Und Spinnen. Die weben ihre Netze gern an Laternenpfählen.«

»Weil sie mit den dummen Insekten leichte Beute haben?«, fragt Patata aufmunternd.

Ich lache. »Genau.« Eigentlich möchte ich gar nicht lachen. Wir haben ein ernstes Thema zu besprechen. Und Patata weiß es nicht einmal. Ich räuspere mich mehrmals, um den Kloß loszuwerden, der sich gebildet hat.

»Alles in Ordnung?«, fragt Patata.

Natürlich ist nichts in Ordnung. Ich trage unser Kind im Bauch und wir sind mitten auf einer Brücke. In jede Richtung sind es neunhundert Meter. Es war wirklich ein Fehler, auf die Brücke zu gehen. Ich könnte mich ohrfeigen.

»Sag mal, du hast doch was«, sagt Patata und bleibt stehen.

»Kannst du einfach aufhören, zu fragen, was los ist?«

»Entschuldige, ich wollte nicht...«

»Du wolltest nicht was? Mich nerven? Oder mir ein Kind einpflanzen?«

Patata starrt mich an und ich starre zurück.

»Irmelin, du bist mein Augenstern«, flüstert er.

Ich blinzle, schaue aber nicht weg. Tief in seinen Augen

liegt eine Schatzkarte, ich kann sie beinahe sehen. Wenn es mir gelingen würde, den Schatz zu finden, vielleicht würde ich dann das Leben besser verstehen und ihn lieben. Sein Blick haut mich fast um. Aber ich kann ihn nicht heiraten. Es fühlt sich falsch an.

»Ich liebe dich nicht«, flüstere ich und verberge mein Gesicht hinter meinen Händen. Tränen schießen mir in die Augen.

»Damit habe ich nicht gerechnet«, sagt Patata mit gefasster Stimme. Er reicht mir ein Taschentuch wie ein Klischee von Gentleman.

»Und was machen wir jetzt?«, frage ich hilflos.

»Jetzt gehen wir entweder weiter oder zurück«, sagt Patata und bietet mir seinen Arm an. »Ich habe Schokoladenkuchen gebacken, möchtest du?« Er fummelt in seiner Mantelinnentasche herum und zieht ein Päckchen heraus.

Ich nehme ein Stück. Der Kuchen schmeckt süß und salzig, und das ist eine Erfindung von Kuchen, die ich exzellent nenne. Wir entscheiden, weiterzugehen, und ich hake mich bei ihm ein und hoffe, er versteht es nicht falsch, aber mir ist kalt. Schweigend laufen wir bis zum Ende der Brücke. In meinem Kopf überschlagen sich die Gedanken. Hat Patata nicht verstanden, dass ich sein Herz gebrochen habe? Wird er darauf bestehen, dass wir heiraten? In Büchern brennen die Liebenden vor Leidenschaft. Und ich? Ich habe das Gefühl, dass ich jetzt unbedingt ein Eis essen möchte. Zweimal Schoko mit Salz und Sahne, bitte.

»Hör mal, unser Kind, das wirst du doch bekommen?«, fragt Patata, als wir das Ende der Brücke fast erreicht haben.

»Natürlich«, antworte ich. Was für eine absurde Frage. Ob ich eine Eisdiele finde, die jetzt noch geöffnet hat?

»Ich meine ja nur, weil es ja Frauen gibt, die ihre Kinder nicht bekommen.«

Hört er sich eigentlich zu? Wenn ein Baby da drin ist, dann kommt da auch ein Baby heraus. Und Hope will jetzt Eis essen, obwohl wir Dezember haben. Und fühle mich dem Gieper ausgeliefert, was eine plötzliche Lust ist, aber es gibt Schlimmeres.

»Was ich sagen will: Wenn du das Baby bekommen willst, dann unterstütze ich dich, so gut ich kann.«

»Es ist keine Frage, ob ich das bekommen will. Es ist in meinem Bauch. Und da bleibt es nicht ewig.«

»Ich meine ja nur«, sagt er wieder.

»Ich meine ja nur«, äffe ich ihn nach. Entrüstet werfe ich mir mein Wolltuch über die Schulter und renne los, bloß runter von der Brücke, weg von Patata.

»Heiraten wollte ich dich eh nicht«, ruft er mir hinterher und der Satz trifft mich mitten rein ins Herz.

Ich bleibe abrupt stehen und drehe mich um. »Ach so? Du bist mir ja ein feiner Kerl. Machst mir ein Kind und willst mich dann wegwerfen.«

Patata schüttelt den Kopf. »Hast du nicht gesagt, du willst nicht heiraten? Ich will auch nicht heiraten. Ich kann nicht.«

»Du kannst nicht?«, frage ich fassungslos. »Bist du etwa schon verheiratet?« Und ich stelle mir kurz vor, wie Patata nach einem Stelldichein zu einer anderen eilt und ihr Milchreis und goldene Pfannkuchen bringt. Und ich werde vor Überraschung fuchsteufelswild.

Ein Lächeln huscht über sein glattes Gesicht. »Nein.«

»Ziehst du etwa in den Krieg?«, frage ich und merke, wie eine Verzweiflung sich in mir ausbreitet. Wenn er in den Krieg zieht, dann würde ich ihn vorher heiraten.

Patata schaut mich besorgt an. »Nein, ich habe nicht vor, in den Krieg zu ziehen.«

»Was ist es dann?«, rufe ich schrill und erleichtert und angstvoll.

»Irmelin, bitte verstehe mich nicht falsch. Ich kann nicht heiraten. Mit mir stimmt etwas nicht.«

»Ja, den Eindruck habe ich auch«, werfe ich ihm entgegen. Dann renne ich, so schnell mich meine Füße tragen.

Das ist gefährlich, so ganz alleine in der Nacht, höre ich Patatas Stimme in meinem Kopf. Aber es ist mir egal, was er sagt. Ich bin so wach und wütend, dass ich mit meinen Augen Blitze schießen könnte. »Mit mir stimmt etwas nicht«, äffe ich ihn nach und trete gegen einen Hydranten. Besitzt nicht den Anstand, um meine Hand anzuhalten? Das ist doch alles nicht Klischee! Ich wollte diejenige sein, die es nicht will. Und ich will es ja auch nicht. Meine nervliche Zündschnur neigt sich ebenso wie das Jahr dem Ende zu. Das Problem ist, dass es so einfach war. Wir haben nicht einmal gestritten. Und wir haben Kuchen gegessen. Trennt man sich auf diese Weise?

Wo bin ich überhaupt. Keine Eisdiele weit und breit, dafür klebrige Diner, in denen müde Gestalten sich gegenübersitzen, allein von der Haltung her. Da ist das Neonschild von William's Burger, also Williamsburg. Ich biege in eine kleine Straße ein und dann wieder in eine große. Ein Sattelschlepper fährt irgendwo in der Nähe, der Boden vibriert unter meinen Füßen. Immer weiter laufe ich durch Häuserschluchten und möchte mal wissen, wer dieses Bühnenbild gemalt hat. Überall Dreck und grau. In den Pfützen der Mond, wie ein alter Bekannter, der mich grüßt. Als ich an einer Kreuzung ankomme, riecht es aus einer Mülltonne nach Lasagne. Ich unterdrücke den Impuls, den Deckel anzuheben, und gehe weiter, an einer geschlossenen Eisdiele vorbei. Hope schläft und ich trabe weiter, an windigen Männern vorbei, die aus Spelunken stolpern. Ich mache mich unsichtbar im Schatten und denke, was für ein Lotter überall.

Es ist seltsam, im Sinne von wunderlich. Je weiter ich mich von der Brooklyn Bridge entferne, desto aufgeräumter fühle ich mich. Die Wut, die eben noch groß war und auf mich gedrückt hat, ist einfach runtergefallen und liegengeblieben, als ich es nicht gemerkt habe. Und ich denke, wenn ich es geschafft habe, mich trotz Unvernunft zu trennen, dann schaffe ich auch alles Weitere. Denn, warum nicht? Ich bin schließlich nicht die erste Frau, die ein Kind kriegt. Und ich finde, ich war ehrlich zu mir selbst und das ist ein Gefühl von Mut für Offenheit.

Plötzlich stehe ich vor einem verschlossenen Tor, auf dem im Licht einer Laterne ein Schild glänzt, um gelesen zu werden. Eine Mischung aus Neugier und Misstrauen überkommt mich. Und ich lese, dass es der Eingang zum Calvary Cemetery ist. Ich atme auf, denn ich mag Friedhöfe, weil die Menschen ihren Lärm vor den Toren lassen. Auf Friedhöfen ist das Blätterrauschen lauter, und ich stelle mir vor, dass die Geister durch die Bäume rauschen, und sicher kitzelt es. Patata will nie auf Friedhöfe gehen, als hätte er eine sagenhafte Angst vor einer Maulschelle aus dem Jenseits. Aber das hat sich ja sowieso erledigt. Und ich laufe eine Weile an dem Zaun entlang, der in eine dichte Hecke übergeht. Ich möchte auf den Friedhof und fühle mich ganz aufgeregt. An einer lichten Stelle schlüpfe ich auf allen vieren durch die Hecke. Es riecht grün und nach wilden Erdbeeren und das Moos unter meinen Händen ist weich und feucht. Obwohl es sehr kalt ist, bleibe ich eine Weile sitzen, um mich auszuruhen, denn immerhin bin ich schwanger und es ist nachts und kein Mensch kriecht nachts durch eine Hecke, aber ich, ich bin durch die Hecke gekrochen. Meine Augen gewöhnen sich schnell an die laternenlose Dunkelheit. Etwas nagt an mir. Ich spüre, dass ich hier schon einmal gewesen bin. Es ist nicht normal, nachts auf dem Friedhof zu sitzen, und nicht mal auf einer Bank, sondern auf dem Boden. Ich muss an Patata denken, und habe eine kurze Traurigkeit für ihn, weil er jetzt alleine mit seinen Gedanken ist und mit gebrochenem Herzen. Ich krieche in die Hecke zurück, lege meinen Kopf auf ein Kissen aus Moos und schließe kurz die Augen. In meinem Kopf ist ein lautes Getöse. Um mich herum wuseln Käfer, ein Tausendfüßler spaziert an mir vorbei. Ganze Asselfamilien rollen herum und trollen sich. Ich meine, sogar die Regenwürmer zu hören, die mit ihren Borsten über den Boden kratzen. Der Friedhof ist wohl der lebendigste Ort der ganzen Stadt.

Nur die Spinnen bewegen sich leise. Ich fühle mich seltsam wohl hier, obwohl mir kalt ist, und beziehe Nachtquartier in einer Mulde, die ich mit Blättern und Moos auspolstere.

Ich wache davon auf, dass mir ein Piepen im Slalom entgegenkommt. Es dämmert bereits, die Umrisse von Büschen und Bäumen geben ein vertrautes Bild ab. Der Wind trägt ein Krächzen von links oben vorbei, doch ich konzentriere mich auf das Piepen, das jetzt ganz nah ist. Mit gespitzten Ohren lausche ich auf das Rascheln der kleinen Füße, die durch das trockene Laub trippeln. Ein schnörkelig-muffiger Geruch steigt mir in die Nase. Die Maus, die auf mich zueiert, ist krank. Bevor mir schlecht wird, stecke ich mir ein paar Grashalme in den Mund und kaue darauf herum. Die Maus ist abgebogen und ins Dickicht getorkelt. Vermutlich Gift, denke ich, und frage mich, wer auf dem Friedhof Gift auslegt.

Es ist noch ziemlich früh, vereinzelt fährt ein Auto am Friedhof vorbei. Als der Verkehr zunimmt und die Sonne sich kalt hinter einer dicken Wolkenschicht zeigt, erhebe ich mich und laufe eine Weile im Park herum, bis meine Füße warm sind. Dann suche ich mir einen Platz für die Nötigkeit, die ich mit Laub zudecke. Ich könnte einfach wieder durch die Hecke nach draußen auf die Straße, aber ich entschließe mich zu warten, bis der Friedhof geöffnet wird. Ich laufe zwischen den Grabsteinen herum und lese die Namen. Neben manchen Grabsteinen liegen Tannenzweige. Bei einem mit Laub bedeckten, flachen Grabstein bleibe ich stehen und fege die Blätter mit dem Zweig weg. Hier ruht Mary Letitia Martin, die nur fünfunddreißig Jahre geworden ist. Eine kleine Plakette neben dem Grab verrät mir, dass sie aus Irland kam und kurz nach der Geburt ihres Kindes in New York gestorben ist. Ich schlucke und lese weiter. Mary war Schriftstellerin, sie hat drei Bücher geschrieben, von denen ihr Mann eines nach ihrem Tod veröffentlichen ließ. Ich verdrücke eine Träne für Mary, ihr Baby und ihren Mann. Dann gehe ich weiter.

Eine Frau mit einem Farbeimer in der Hand kommt den Weg entlang. Ich schlendere ihr entgegen, grüße und suche den Ausgang. Ich habe keine Ahnung, an welcher Stelle des Friedhofs ich mich befinde, aber das macht nichts. Mein Kompass ist auf Essen ausgerichtet, ich möchte ein ganzes Pferd verdrücken. Da fällt mir ein, dass Pferde mit rötlichem Fell auch Fuchs genannt werden. Es gibt sogar einen Kohlfuchs. Zu komisch! Ich denke an Patatas Kohlrouladen und mein Magen knurrt. An einem Kiosk kaufe ich mir ein Eier-Sandwich, für einen Kaffee reicht mein Geld leider nicht. Dann mache ich mich auf den ungefähren Weg nach Hause. »Da lang«, hat der Kioskbesitzer gesagt.

In unserer Straße riecht es nach Schneitbald und Kuchen und ich lege einen tänzelnden Schritt zu. Schon von Weitem rieche ich, dass es Zitronenkuchen ist. Die Villa sieht fröhlich aus, als hätte sie einen neuen Anstrich bekommen, und qualmt lustig aus dem Schornstein gegen den blauen Himmel. Im Salon, der zur Straße liegt, brennt ungedimmt das Licht und die Gardinen sind gerafft wie die Röcke von altertümlichen Frauen, die zu einer Party gehen.

»Ich dachte, wir könnten heute einfach mal deinen Geburtstag feiern, Vögelchen. Wann immer der auch ist«, sagt Mrs Rothman, als ich das Haus betrete. Meinen Geburtstag? Fragt sie mich gar nicht, wo ich die Nacht über verbracht habe in der Kälte? Mrs Rothman lacht hell und dreht sich auf dem Absatz um. »Komm rein, ich habe im Salon gedeckt.« Hungrig, verfroren und müde folge ich ihr. Im Kamin knistert ein Feuer und auf dem Tisch steht ein Zitronenkuchen mit einer Kerze in der Mitte. Mrs Rothman deutet mir, dass ich Platz nehmen soll, und ich tue es ganz ohne Zögern und voll Begeisterung. Um meinen Teller herum liegen Efeublätter und Bonbons in metallisiertem Glanzpapier. Rosa. Gelb. Grün. Rot. In mir steigt ein sonniges Gefühl von Geburtstag und Wichtigkeit auf und alles kribbelt, weil mir warm wird. Ich strahle Mrs Rothman an und bemerke, dass sie ihren Rosmarin gezupft hat. Eine sensationelle Verwandlung! Und sie hat sogar ein Geschenk für mich. Es ist mein Lieblingsbuch, *All Passion Spent* von Vita Sackville-West. Fühle mich sowas von Schatz!

PENELOPES GESCHICHTE

Fünf Monate sind vergangen, seit ich mich von Patata getrennt habe. Ich lese Mrs Rothman weiterhin Romane vor, weil das meine Arbeit ist, aber Zeitung lese ich nicht mehr, denn es ist wirklich passiert, Amerika ist in den Krieg eingetreten. Die Namenslisten mit den Gefallenen jeden Tag. Und neben den Ängsten die Begeisterung, der Blutdurst. Nein. Seit ein paar Wochen schon lese ich nicht mehr die Zeitung, weil die Nachrichten mich aufgeregt und in den Schlaf verfolgt haben. Die Angst und das Fühlen, die sind echt. Und ich habe es körperlich gemerkt, wie der Krieg in mich einzog mit seinen harten Wörtern, obwohl er so weit weg ist und für mich nur in der Zeitung. Da habe ich gemerkt, dass ich mich entscheiden muss. Und ich habe gerungen mit mir, weil es wichtig ist, zu wissen. Das Leid. Und was macht es mit meinem Baby, wenn meine Nerven blankliegen? Dabei ist es nur Lesen. Aber die Namen der Gefallenen, die sind doch nicht nur Buchstaben auf Papier. Die sind Schicksale und jedes einzelne schmerzt. Und also habe ich mich entschieden, denn Nichtwissen kann ein Glück sein, hat Patata einmal zu mir gesagt. Es ist geradezu sagenhaft, Nein zur Zeitung zu sagen. Es ist ungerecht, wenn ich mich ständig aufregen muss, was nichts mit dem Kind zu tun hat, und ich Sorge haben muss, es aus Kummer zu verlieren. Das habe ich zu Mrs Rothman gesagt, und sie hatte ein Verständnis und ich kann trotzdem hier wohnen bleiben, was meine Bangnis war. Ich habe ein schlechtes Gewissen gehabt anfangs, weil ich nichts mehr über Krieg lese und Hungersnot und andere Katastrophen. Doch dann habe ich mir gesagt, Irma Sabrina, guck jetzt mal auf das, was in deinem Leben wichtig ist und wofür du die Verantwortung trägst. Und das war eine große Erleichterung, denn ich bin nicht dafür verantwortlich, dass die Zeitung gelesen wird. Und ich bin ganz froh, dass Mrs Rothman mich in letzter Zeit mit ihren Geschichten in Ruhe lässt, denn die Sache mit Irmelin hat mich runtergezogen, auch wenn es nur eine Erzählung ist und nicht vergleichbar mit Krieg, der echt ist und wütet.

Was ich ungeheuerlich finde, ist, dass mein Baby alles merkt, was ich empfinde. Also versuche ich, etwas Schönes zu empfinden und fühle mich wie in einem Kokon aus guten Gedanken und spreche mit dem Kind, als würde es meine Sprache verstehen. Hope, sage ich in die Dunkelheit der Gebärmutter hinein, ich liebe dich. Und wirklich, ich bin geflutet von Liebe für dieses Kind. Hope spürt alles. Und das ist der Zauber, den wir teilen. Und ich habe begonnen, mir kleine Geschichten auszudenken für Hope. Und ich erzähle sie mit einer Stimme nur für mein Kind. Ich benutze keine eckigen, harten Kriegswörter, die wie Splitter sind und weh tun und Angst schüren. Ich benutze Wörter, die weich sind und sich anschmiegen. Und ich denke darüber nach, vielleicht eine Geschichte mit der Maschine aufzuschreiben. Das ist ein nobles Ziel, aber ich kenne mich mit Grammatik nicht besonders aus und also lasse ich es lieber sein.

Ich bin mittlerweile rund wie ein Mond, trage praktische Kleider, die leider hässlich sind, und brüte schön. Natürlich weiß ich, was da kommen wird. Babys werden geboren, das ist kein Geheimnis. Und doch ist das Wissen von morgen für mich heute noch verborgen. Und es kann entdeckt werden, so wie ich einen Buchdeckel aufklappe und mein Wissen sich neu sortiert, sobald ich etwas lese, egal was. Über Geburt habe ich natürlich auch gelesen. Aber es selbst zu erleben zum ersten Mal, das ist doch ein Sprung ohne Trapez und doppelten Boden. Und es macht mir gleichzeitig Angst und Freude, das habe ich meiner ausgestopften Füchsin erzählt, die mir zustimmt in allem, was ich sage. Meine Gebärmutter übt fleißig, und fast möchte ich sagen, Aua, das ist ein schlimmer Schmerz. Aber diese Empfindung ist neu. Also sage ich, Aha, so fühlt sich das an. Und es macht einen großen Unterschied, wie ich es nenne. Denn das ist ein Zaubertrick und die Magie der Wörter. Und Sprache ist eine Tür ins Universum, und ja, so groß darf man denken. Das hat nichts mit Physik zu tun, und diesen Gedanken schreibe ich später auf, um ihn nicht zu vergessen.

Eins ist komisch, im Sinne von wunderbar: Mit dem Baby reift auch mein Gedächtnis. Ich erinnere alles von der Schwangerschaft. Das Kind erweckt mich zum Leben, das ist mein Gefühl. Und ich lebe für mein Baby, das Hope heißt und Hoffnung bedeutet. Ich spüre kein Zaudern mehr, nur Liebe. Und Liebe, das ist lebendig sein und aufmerksam für das Leben. Plötzlich habe ich keine Angst mehr vor Klischee.

Heute bin ich ganz oben mit der Laune und laufe seit Stunden am hellichten Tag durch die Stadt und bin ein bisschen müde in den Beinen. Meine Haare leuchten in der Sonne und ich trage meinen Bauch mutig und würdevoll. Es ist nicht einfach, seinen Mut zu bewahren, wenn die Leute gucken. Und gucken wie Interesse an Kuchenauswahl, klebrig wie Zuckerguss. Aber ich fühle mich wie Sweet Sabrina, Dampfnudel mit Orangenmarmelade. Ich vermisse Patata und einen Goldring, der mich vor Blicken bewahrt, denn eine ordentliche Abgeklärtheit, die fehlt mir noch. Neulich habe ich Patata angerufen, aus einer Laune der Sinnlichkeit heraus. Und wir haben geredet, bis mein Geld alle war. Wir können doch Freunde bleiben, habe ich gesagt. Dann war die Leitung tot. Da weiß ich nicht, was ich davon halten soll. Heiraten kommt nicht infrage, aber ein bisschen die Sorge teilen, weil es doch auch sein Kind ist. Und Hope spürt ja, dass ich ein Empfinden habe und ein sehnsuchtsvolles Vermissen.

Ich bin schon fast zu Hause, da sagt eine Frau auf siebengescheite Weise zu mir, ich solle mich wärmer anziehen in meinem Zustand und ich wäre schon immer ungezogen gewesen. Und ich gucke sie an und kenne sie nicht mit ihrer dicken Brille. Sie ist Hautevolee von Kopf bis Fuß mit Fuchsboa und Perlen aus der Südsee.

»Kennen Sie mich?«, frage ich sie, denn es könnte ja sein und ich möchte nicht unhöflich sein, auch wenn sie es ist.

»Das ist ja unverschämt, das hätte ich mir ja denken können«, antwortet sie, wirft sich ihren Fuchs theatralisch über die Schulter und geht weiter.

Meine Laune fällt in einen Gully, was ein Loch im Boden ist, das in die stinkende Kanalisation führt, und ich denke, wem gehört hier das Problem? Es ist nur ein Mantel, den ich anziehen soll, findet sie, aber frech, wie sie es fordert. Am liebsten würde ich hinterherrufen, Ihre Hose ist zu weit, und trägt man anders von der Mode her. Und bestimmt haben Sie sehr viel dafür bezahlt, Sie eingebildeter Vogel, aber ist das erwähnenswert? Es ist ja ihre Entscheidung, wie sie die Hose trägt. Und ihren Pelz finde ich ganz grässlich und erschütternd, aber sage ich es ihr? Nein.

Auch die Männer mit ihrem Blick immer auf den Busen. Und auch wenn einer von zehn Kerlen ein bisschen verträumt aussieht zum Küssen, sollen sie sich schämen, denn eine gebügelte Uniform macht einen nicht anständig. Und schmiert seine Blicke über mich von unten nach oben, der Zehnte. In jeder Zelle spüre ich, wie ich mich unwohl fühle, dabei habe ich gute Laune gehabt bis eben. Am liebsten würde ich mich im Bett verkriechen, und das tue ich auch gleich, nachdem ich ein Eis gegessen habe, ganz ohne Lust, weil die falsche Sorte. Jetzt plagt mich sicherer Zweifel von allem und ich fühle mich wie ein Pendel von einer Uhr, die meine Stunden zählt, und immer diese Gefühlsschwankungen.

Mrs Rothman ist eine große Hilfe für mich. Sie hat so viel Schwung in ihre Knochen bekommen, und hat dicke Vorhänge aufgehängt, ganz alleine, für die Verdunkelung des Krieges wegen. Es ist ungeheuerlich und ich denke nicht, dass die Physik es erlaubt, und ich würde gerne Albert Einsteins Meinung dazu wissen. Aber ich sehe, was ich sehe, Mrs Rothman wird von Tag zu Tag jünger. Ihre Verwandlung verwirrt meine Beobachtungsgabe, aber dann denke ich an meine eigene Verwandlung. Und ich mache mir Gedanken über die Zeit, die rückwärts läuft wie eine Uhr, die sich verirrt hat. Und finde es königlich. Zwei Wunder unter einem Dach.

Heute fragt Mrs Rothman mich nach dem Vorlesen, ob wir eine weitere Geschichte aufschreiben wollen. Ich sage ja, weil ich es ihr schulde, und weil ich auch neugierig bin. Und sie schlägt vor, wir können es im Flamingozimmer machen, damit ich gemütlich im Bett liegen kann. Sie hat so eine Art Pult für mich, auf das sie die Schreibmaschine stellt. Mrs Rothman sieht aus wie vierzig, mit schlichter Eleganz und Wangen wie leuchtender Mond. Und ich freue mich für sie, weil Mondgesicht bedeutet, dass die Sonne auf sie scheint.

Ich spanne ein Blatt ein und warte darauf, dass Mrs Rothman mit der Geschichte beginnt. Und sie, sie schließt die Augen, die gar nicht mehr blind sind, und guckt in sich rein.

Für Penelope, die Füchsin, war New York City ein Mosaik aus Betonwürfeln, smaragdgrünen Moosteppichen, geraden Wegen aus Sand und Asphalt und natürlich Wasserflächen. Sie wusste genau, welche Orte sie besser meiden sollte, und kannte die besten Nischen und Verstecke, wenn Gefahr im Anmarsch war. Gefahr ging nur vom Menschen aus, der in den vergangenen vierhundert Jahren die Gegend derart verändert hatte, dass Penelope sie nicht wiedererkannt hatte, als sie nach einer jahrhundertelangen Reise durch Südamerika und

Europa schließlich als blinde Passagierin auf einem Schiff wieder an die Ostküste gelangte. Das Land der Hügel, das hier einst gewesen war, mit seinen Mischwäldern, Bächen und Flüssen, hatte sich längst durch Menschenhand in eine stinkende, lärmende Betonwüste verwandelt.

Sommers lebte Penelope im Riverside Park, wo immer ein frisches Lüftchen vom Fluss her wehte. Doch sobald der Herbst sein buntes Kleid ablegte, zog sie in ihr Winterquartier im Central Park, wo sie im Winter den Schlitten fahrenden Kindern auf den Hügeln zusah und bis zum Spätfrühling blieb, wenn die Erdhummeln dicht über dem Boden flogen.

Der Central Park war ein kleines Paradies, das war jedoch nicht immer so gewesen. Von Menschen für Menschen gestaltet, war der Central Park als Kunstwerk erschaffen worden, das bewundert werden sollte. Überall standen Verbotsschilder, und ständig liefen Gärtner herum, zupften welke Blätter ab und versuchten, die Natur zu bändigen. Penelope lebte damals, in den 1860er Jahren, im Winter auf dem Oak Hill Cemetery. Doch der Central Park zog sie an wie ein Magnet, denn sie war eine neugierige Füchsin und es gab, anders als auf dem Friedhof, viel Nahrung abzugreifen, während die Menschen den Park anlegten. Penelope schaute tagsüber aus ihrem Versteck heraus den Arbeitern zu, die auf dem riesigen Gelände Rohre verlegten, Ziegel zu Mauerwerk aufschichteten, Bäume pflanzten, Verbotsschilder aufstellten und Reste von Hühnchen verbuddelten oder in Hecken warfen. Als der Park endlich eingeweiht wurde, durften die Besucher nichts anderes tun, als ihn zu bewundern. Den Tieren war das herzlich egal. Sie verrichteten ihr Geschäft, wo es ihnen passte, und ließen sich im Central Park nieder, der jeder Tierart ein Habitat bot. Erst viele Jahre später eroberten auch die Menschen den Park, entfernten die Schilder und begannen, auf den Wiesen herumzuliegen wie faule Katzen, die sich sonnten. Was Penelope an den Menschen störte, war, dass sie überall Chaos anrichteten. Sie fürchtete die Menschen nicht, sie verachtete sie. In den über tausend Jahren, die sie auf dem Buckel hatte, hatte Penelope alles gesehen. Sie kannte die Menschen. Sie hatte von der Sonne verbrannte Krieger gesehen, mit blonden Haaren und hellen Augen. Sie hatte Frauen unter freiem Himmel Kinder gebären sehen, hatte Liebende in Wäldern und auf Wiesen gesehen, hatte Mörderinnen und Ehrenmänner zu Pferd an sich vorbeireiten sehen. Penelope hatte mit ihren tausend Jahren den gesamten amerikanischen Doppelkontinent abgelaufen und sich in ihrem Leben mehr als fünfzig Kugeln eingefangen. Seit es Automobile gab, musste sie noch vorsichtiger sein.

Früher, auf dem Land, hatte sich Penelope von Kaninchen, Mäusen, verletzten Vögeln, Obst und Beeren ernährt. Das Angebot war reichlich gewesen, aber die Stadt bot einen noch umfangreicheren Speiseplan. Hier war sie auf den Geschmack von Curryhuhn und gekochtem Brokkoli gekommen. Im Central Park fand sie, was ihr Fuchsmagen begehrte, Pommes Frites, Pizza, Curryhuhn, Sandwiches. Um die Getränke der Menschen machte Penelope jedoch einen großen Bogen. Schließlich gab es im Central Park genügend Wasserflächen, wo die Tiere ihren Durst stillen konnten, ohne sich zu vergiften oder sich das Maul blutig zu schneiden.

Trotz der Gefahren, die in der Stadt lauerten, mochte Penelope das Leben in New York City. Vor allem die Wintermonate liebte sie, wenn weniger Menschen unterwegs waren und der Lärm vom Schnee geschluckt wurde. Sie wusste genau, wo viele Menschen anzutreffen waren, zum Beispiel auf dem Broadway, wo im Winter Skifahrer unterwegs waren, wenn die Straßen vom Schnee verweht und für Automobile unbefahrbar waren. Vor allem kannte Penelope aber die Gegenden, wo Menschen sich selten aufhielten. Das waren die Bahngleise, die Friedhöfe, leerstehende Gebäude. Diese Orte teilten sich die Tiere in der Stadt mit denjenigen Menschen, die wie sie mit ihrer Umgebung verschmolzen und unsichtbar blieben. Hinterhöfe waren solche Orte. Doch im Gegensatz zu den Gleisen wurden die Hinterhöfe von Kindern belebt. Penelope mochte Menschenkinder, sie waren neugierig und wurden nicht hysterisch wie die Erwachsenen, wenn sie Penelope erblickten. Kinder waren vorsichtig, legten Essen aus und beobachteten die Tiere. Kinder waren wirklich nicht das Problem. Die machten keine Motorengeräusche, benutzten keine Presslufthammer, die den Boden zum Vibrieren brachten und die Ohren marterten, erzeugten keine Sirenen. Kinder schrien mal, aber meistens waren sie auf Abenteuer aus, liefen scharenweise durch das Viertel oder fuhren auf verchromten Fahrrädern, die in der Sonne aufblitzten.

In den Dämmerstunden und in der Nacht waren

nur Erwachsene unterwegs. So auch an dem Abend, als das Unglaubliche geschah und die tausendjährige Füchsin einen Seelentausch vollzog. Es war ein ganz normaler Tag in einer Hecke gewesen. Penelope hatte zusammengerollt an einem geschützten Ort vor sich hingedöst, das Geschehen im Park beobachtet und auf die Dämmerung gewar-tet. Regen hatte ihr Fell durchnässt. Eine Schnecke hatte in direkter Nähe ihre Eier unter einem Stein abgelegt. Schneckeneier waren nichts für Penelope. Aber die Schnecke, die vernaschte sie mit einem schnellen Happs. Schnecken hatten einen schnörkeligen Geschmack, genau wie Kaninchen und Curryhuhn. Von ihrem Platz aus beobachtete sie die Engerlinge und Raupen im Gras, und die Spatzen, die aus voller Kehle tschilpend herumhüpften und im Sand badeten. Spatzen waren Penelope zu aufwendig, sie flitzten so schnell, hatten nicht viel Fleisch und außerdem hatte sich Penelope ihre Nase schon an so manchem Dornenbusch blutig gekratzt. Mäuse hingegen mochte sie. Die Weißfußmäuse im Central Park waren besonders fett. Penelope wusste genau, auf welchen Wegen sie die Mäuse antreffen konnte, denn wie die meisten Tiere bewegten sie sich im Schutz der Vegetation auf ausgetrampelten Pfaden fort. Penelope brauchte sich nur auf eine Weggabelung im Gebüsch zu legen und zu warten. Im Gegensatz zu den Füchsen blieben die Parkmäuse in ihrem Hauspark, denn die Straßen waren für sie schwer zu überwindende Hindernisse. Penelope war aufgefallen, dass die Mäuse in unterschiedlichen Parks unterschiedlich schmeckten. In kleinen Parks und auf überschaubaren Friedhöfen fühlten sich die Mäuse sicher. Ja, sie waren fast draufgängerisch, weil diese Orte zu klein für Fressfeinde waren. Manchmal machte Penelope einen Abstecher, um sich dort den Bauch vollzuschlagen. Auch an diesem Tag hatte sie in den frühen Morgenstunden den Central Park verlassen, um sich in einem Park in der Nähe an Nagern gütlich zu tun. Als der anbrechende Tag den dunklen Mantel der Nacht von der Stadt nahm, hatte sie sich wieder zurückbegeben, um ihren Platz hinter dem Toilettenhäuschen einzunehmen. Die Stunden hatten sich dahingeblättert. Laub war zu Boden gefallen. Furchtlose Meisen hatten sich Penelope genähert. Als der Abend den Himmel erst rosa und dann dunkelblau färbte, der Park sich in Schwärze kleidete und die Lichter der Stadt zu flirren begannen, wurde Penelope unruhig. Sie streckte ihre Glieder und stellte die Ohren auf. Nicht weit entfernt schepperte und quietschte ein Fahrrad. Der Wind hatte sich in den Bäumen gefangen und ließ die trockenen Blätter rascheln. Tierische Schreie, Zirpen, Brummen, abendliches Trällern, Gekreische, Quieken und leises Summen vermischte sich mit schlurfenden Schritten, die von Menschen stammten. Penelope hörte das kristallklare Lachen eines Mädchens. Und sie roch Gefahr.

Als der Mond sich vor die Sonne schob, nahm Penelope die Fährte des Mädchens auf. Es war ein dünner Geruch, der wie ein Faden in der Luft lag und die Füchsin aus ihrem Versteck herauslockte. Penelope trabte los, als ein Motor aufheulte. Ganz in ihrer Nähe war das Mädchen in einem tiefen, lähmenden Schock gefangen. Und dann ging alles ganz schnell. Penelope machte einen Satz ins Licht, biss zu und wurde zusammen mit dem Mädchen zu Boden gerissen. Die Fahrerin rappelte sich auf, wuchtete ihr Motorrad hoch und fuhr davon. Ein Schmerz durchfuhr die Füchsin. Ihr Jaulen und das Wimmern des Mädchens wurden eins. Penelope, die innere Verletzungen hatte, schlich zu ihm und leckte ihm das Gesicht. Das Mädchen und die Füchsin fielen in einen tiefen Schlaf, aus dem Penelope nicht mehr erwachte.

Der Seelentausch dauerte zehn Minuten und endete mit der Ausschüttung von Endorphinen und Dopaminen in Penelopes Gehirn. Sie hatte alle Erinnerungen des Mädchens aufgenommen und mit in den Tod genommen. Als das Mädchen Wochen später erwachte, lag es in einem warmen, weichen Bett, auf seinem Bauch schnurrte eine Katze mit Augen wie Pistazien.

Die Geschichte zieht mir die Schuhe aus. Ich werfe Mrs Rothman einen fragenden Blick zu und erschrecke. Während sie erzählt hat, ist sie um mindestens fünfzehn Jahre jünger geworden. Ihre Wangen glühen, ihre Augen blitzen mich an. Meine Hände schwitzen, mir ist furchtbar heiß und das Baby hat Schluckauf. Ich weiß nicht, wie ich es schaffe, aber ich tippe weiter, als Mrs Rothman mit der Geschichte fortfährt.

László hatte alles beobachtet. Seit einigen Tagen lebte er im Central Park und schlief mal hier, mal dort. Er hatte seine Stelle als Koch im Altersheim verloren, als Sally Sailor davon Wind bekam, dass Irmelin und er ein Paar waren. Seitdem hatten sie sich immer im Park getroffen.

László lief schnell zu Irmelin hinüber. Sie atmete, war jedoch nicht bei Bewusstsein. László rannte los und holte Hilfe. Dann versteckte er sich im Gebüsch und sah zu, wie Irmelin und die Füchsin abgeholt wurden. Alles in ihm schrie. Es war Sally Sailor gewesen, die Irmelin angefahren und Fahrerflucht begangen hatte. Sally Sailor, die ihn rausgeschmissen hatte und Irmelin offenbar nachgefahren war.

In mir zieht sich alles zusammen. Es ist das Gefühl von Psychothriller, nur dass es kein Buch ist und kein Film, sondern mein Leben. Mit meiner ganzen Behäbigkeit springe ich auf, stolpere die Treppe hinunter und laufe aus dem Haus. Steinchen bohren sich in meine Füße. Es ist mir egal. Meine Augen fliegen unruhig durch die Dunkelheit. Ich möchte mich verkriechen, möchte mich in eine Höhle zurückziehen. Ist das die Füchsin in mir? Meine Sinne sind hellwach. Ich laufe durch die Straßen, höre ein Hämmern, das der Wind zu mir trägt. Oder ist es mein Herz? In der Ferne der Verkehrslärm. Sirenen, ein Presslufthammer. Tränen laufen mir über die Wangen. Ein Schluchzen bricht aus mir heraus. Mein Körper schüttelt sich, als hätte ich Fieber, und das habe ich auch, Fieber von Einsamkeit und alles zu viel. Wenn ich die Erinnerungen der Füchsin habe, was weiß ich dann? Ich weiß, dass Holundersträucher in der Nähe von Gewässern wachsen. Und der schnörkellose Geschmack, den Mrs Rothman beschrieben hatte. Äpfel schmecken so, und Kaninchen. Ich habe doch auch eigene Erinnerungen, seit ich aus dem Koma aufgewacht bin. Und ich habe meine Sprachen, das Wissen und die Wörter. Ein Fuchs kann nicht Schach spielen und tanzen.

Ich höre Schritte hinter mir. Mrs Rothman holt mich mit raschen Schritten ein und hält mich an meiner Bluse fest. Widerwillig drehe ich mich um. Ihre Augen leuchten wie Glühwürmchen. Was ist die Zukunft? Alles dreht sich und ich falle, aber sie hält mich fest.

Als ich aufwache, in meinem Bett, riecht es nach Tee und Zitronenkuchen. In meinem Bauch ist mein Baby Hope, und das ist das Einzige, was ich sicher weiß. »Ja«, sage ich, als es klopft. Mrs Rothman öffnet mit einem Tablett in der Hand die Tür.

»Es tut mir leid, dass du so einen Schreck bekommen hast«, sagt sie und betritt mein Zimmer.

Ich möchte wieder aufspringen und aus dem Zimmer rennen, aber mein Körper ist schwer wie Blei.

»Hast du Fragen?«, fragt sie.

Mir fallen gar keine Wörter ein, um Fragen zu stellen. Ob es wahr ist, schreien meine Gedanken.

»Ja, es ist alles wahr.«

Sie wirft mir einen liebevoll-besorgten Blick zu, wie eine Mutter, die ihr fieberkrankes Kind anschaut. »Bitte sei mir nicht böse, ich musste dir die Geschichten erzählen, damit ich wieder jung werde. Das ist die Magie des Erzählens, die Gefühle und chemische Prozesse auslösen kann. Ich habe darüber geforscht.«

Ich begreife einfach nicht, was hier los ist, deshalb versuche ich es mit Logik. »Dann ist Hedi meine Mutter?« Ich bin überwältigt von dem Gedanken.

Mrs Rothman nickt und lächelt. Sie steht auf und verlässt mein Zimmer. Im Türrahmen bleibt sie noch einmal stehen und schaut zu mir zurück. »In ein paar Tagen ist es so weit.«

Zumindest damit hat sie sicher recht. Ich bin reif wie ein Pfirsich.

Nebel. Überall Nebel in meinem Kopf, seit Tagen schon. Keine Lichtlöcher. Wie soll ich da die Hoffnung sehen? Ich weiß nicht, an was ich mich erinnere und was mir Mrs Rothman in den Kopf gepflanzt hat. Bin ich in einem Albtraum gefangen und wache einfach nicht auf? Liege ich im Koma und denke nur, dass ich das erlebe? Wie soll ich sicher sein, was soll ich überhaupt noch glauben? Aber eins weiß ich ganz gewiss, egal ob Albtraum, Psychothriller oder Koma: Es gibt so etwas wie Seelentausch nicht. Die Seele ist nicht wegnehmbar. Hope hat mich darauf gebracht. Die Seele bleibt immer dieselbe, auch wenn sich alle Zellen erneuern. Mrs Rothman mag immer jünger werden, aber ihre Seele ist dieselbe, auch wenn ihre Uhr rückwärts tickt. Rein stofflich bin ich auch eine andere als vor einer Woche, das ist Biologie. Aber meine Seele, die ist meine eigene geblieben.

Die Gardine riecht staubig. Ich schaue durch einen kleinen Spalt auf die Straße und warte. Patata müsste gleich kommen, ich habe ihn zu um acht Uhr herbestellt. Es ist das erste Mal, dass er zur Villa kommt. Ich wollte nie, dass er mich bei Mrs Rothman zu Hause besucht. Doch heute muss es sein. Ich brauche seine Hilfe, er ist der Einzige, dem ich vertrauen kann.

Eine Gestalt läuft die Straße entlang. Es ist Patata, ich erkenne ihn am Klang seiner Schritte. Ich schlucke und verharre still am Fenster, während das Kind mir gegen die Bauchdecke tritt. Patata bleibt auf der anderen Straßenseite unter einer Laterne stehen. Er hat einen Blumenstrauß in der Hand. Ich höre das Zögern seiner Schritte, als er auf das Haus zukommt, und halte die Luft an. Eine halbe Ewigkeit passiert nichts. Dann schrillt die Klingel. Ich lausche angestrengt.

Mrs Rothman öffnet die Tür.

»Hallo László«, höre ich sie sagen.

»Marta?«

Mit einem Schlag erlischt die Straßenlaterne. Irritiert ziehe ich den Vorhang auf und schaue auf die Straße. Auch in den Häusern herrscht Dunkelheit. Vor meinem Fenster fliegt ein Glühwürmchen. Als ich es nicht mehr sehen kann, gehe ich zu meinem Bett und lege mich hin. Es ist dunkel wie in einem Fuchsbau, wo ein Fuchs geboren wird, und wo er sich auch zum Sterben hinlegt. Aber heute, heute wird nicht gestorben.

<<<< >>>>